教育部人文社会科学重点研究基地重大项目

"中国诗歌研究史"(05JJD750.11-44011) 成果

首都师范大学中国诗歌研究中心规划项目成果

中国诗歌研究史

唐代卷

左东岭 主编

吴相洲 著

人民文学出版社

图书在版编目（CIP）数据

中国诗歌研究史．唐代卷/左东岭主编；吴相洲著．—北京：人民文学出版社，2020
ISBN 978-7-02-015775-4

Ⅰ.①中… Ⅱ.①左… ②吴… Ⅲ.①诗歌研究—历史—中国—唐代 Ⅳ.①I207.22

中国版本图书馆 CIP 数据核字（2019）第 214941 号

责任编辑	高宏洲　胡文骏
装帧设计	陶　雷
责任印制	王重艺

出版发行　人民文学出版社
社　　址　北京市朝内大街 166 号
邮政编码　100705
网　　址　http://www.rw-cn.com

印　　刷	三河市中晟雅豪印务有限公司
经　　销	全国新华书店等

字　　数　220 千字
开　　本　880 毫米×1230 毫米　1/32
印　　张　6　插页 2
版　　次　2020 年 4 月北京第 1 版
印　　次　2020 年 4 月第 1 次印刷

书　　号　978-7-02-015775-4
定　　价　69.00 元

如有印装质量问题，请与本社图书销售中心调换。电话：010-65233595

总　　序

处于世纪之交的中国学术界,编写各种各样的学术史成为近二十年来的流行学术操作。自20世纪初以来,中国的各种学科由于受到西方学术理念与研究方法的影响,纷纷建立起自己的研究范式,并运行了近百年,其中取得了巨大的学术成就,也存在着种种的问题与缺陷,因此有必要对其进行总结与检讨,以便完善学科的建设与提升研究的水平。从此一角度看,学术史写作的流行便是可以理解的一种学术选择。然而,在这二十多年的学术史编写中,到底对于学术的研究提供了何种帮助,又存在着哪些问题,或者说我们到底需要什么样的学术史,似乎还较少有人关注。我认为,总结学术史的写作就像学术史的写作一样重要,因为及时检讨我们所从事的学术工作,会使后来者少走弯路而提升学术史的研究水平。

一、近二十年学术史写作的检讨

学术史的清理其实是学术研究的常规工作,任何一个领域的问题研究,都必须首先从学术史的清理做起,否则便无法展开自己的研究。但中国学术界大规模、有意识的专门学术史研究,是从20世纪80年代末开始的,其标志性的成果是天津教育出版社组织编辑出版的"学术研究指南丛书",从20世纪80年代末至90年代中期,该丛书出版了数十种各学科的学术史"概述"类著作,其中不少著作至今仍是所在学科研究的必读书。现在回头来看这套大型研究史丛书，我们依然应该对其表示敬意，因为它的确对当时及后来的学术研究具有重要的贡献与推进。总结起来说，它具有下面几方面的主要特点：

一是起点较高。作为一套大型的研究指南丛书，其着眼点主要是为研究者提供入门的方法以便能够把握本领域的基本学术状况及研究方法，因此该丛书的"出版说明"就开宗明义地指出：

这套丛书将分门别类介绍哲学和社会科学各分支的研究沿革，对各学科的研究成果进行归纳和分析；对各学派或不同观点进行评介；对当前的研究动态及对未来研究趋势进行预测；还要介绍各学科特有的研究方法和手段。为了便于研究者检索，书后还附上该学科的基本资料书目及其提要和重要论文索引。这样，本书便是集学术性、资料性和工具性于一身，一册在手，即可对某一学科研究的基本情况一览无遗，足供学人参考、咨询、备览，对需要深入研究的内容，也可按图索骥，省却"踏破铁鞋无觅处"的烦恼。

从此一说明中不难看出，该丛书还不是纯粹意义上的学术史著作，其主要宗旨是作为研究的入门书，也就是所谓的"指南"性质，学术史研究当然是其重要组成部分，但不是其全部内容，这不仅从其书后附录的"基本资料书目"这些非学术史的板块可以看出，更可以从其撰写的方式显示出来。比如关于近代史的研究，该丛书既包括学术史性质的《中国近代史研究述要》[①]，同时也收进去了《习史启示录》[②]

---

① 陈振江：《中国近代史研究述要》，天津教育出版社，1997年版。
② 中国史学学会《中国历史年鉴》编辑组：《习史启示录：专家谈如何学习近代史》，天津教育出版社，1988年版。

这类谈治学经验的著作。而且在体例上也还存在一些问题，比如在中国古代文学学科，该丛书共收了9种著作：赵霈霖的《诗经研究反思》和《屈赋研究论衡》、刘扬忠的《宋词研究之路》、宁宗一的《元杂剧研究概述》和《明代戏剧研究概述》、金宁芬的《南戏研究变迁》、李汉秋的《儒林外史研究纵览》、罗宗强的《古代文学理论研究概述》、袁健的《晚清小说研究概说》等。将作为学科的古代文学理论和作为文体的诗、词、小说、戏剧以及古典名著的《儒林外史》并列，颇显体例的凌乱。尽管存在这些不足，但其中有两点是应该引起足够重视的。这就是一方面要"对各学科的研究成果进行归纳和分析；对各学派或不同学术观点进行评介"的学术史清理，另一方面还要"对当前的研究动态及未来研究趋势进行预测"的研究瞻望。这两方面的要求应该说是很高的，尤其是对于研究趋势的预测就绝非一般学者所能轻易做到。

二是作者队伍选择比较严格。从该丛书呈现的实际成果来看，其作者一般都具备两个条件：在某领域已经具有较大成就的学者和当时依然处于研究状态的学者。仍以古代文学为例，其中的六位学者都在各自的领域取得了较为突出的研究业绩，但在当时又都还是中年学者，正处于学术生命的旺盛期。这或许和这套丛书的"指南"性质相关，因为刚入门者缺乏研究经验，而已经退出研究前沿的年长学者又难以跟上学术发展潮流。这种选择其实也反映在上述所言的体例凌乱上，因为是以有成就的中年学者为选择对象，当然就不能追求体例的统一与均衡，可以说这是牺牲了体例的完整性而保证了丛书的质量。当然，从8种学术史著作居然有两位作者一人呈现两种的情况看，还是包含着地域性的局限与丛书组织者学术界统合力的不足。

三是丛书质量较高。由于具有较高的立意与作者队伍选择的严格,从而在总体上保障了丛书的基本质量,其中有不少成为本领域的必读著作。比如在罗宗强的《古代文学理论研究概述》的第一编,分四个小节对古代文学理论的"研究对象""研究目的""研究历史"和"资料载籍"进行系统的介绍,使读者完整地了解该学科的基本性质与历史发展,同时还提出了自己的独立见解,认为"弄清古代文学理论的历史面貌本身,也可说就是研究的目的"[1]。自建国以来,古代文论的研究一直追求"古为今用"的实用目的,从而严重影响了对于其真实内涵的发掘,当时提出弄清历史面貌的研究目的,可以说是一种拨乱反正的主张。正是由于拥有这样的眼光,也就保证了学术史清理中的学术判断,从而保证了该书的质量。

自此套丛书出版之后,便持续掀起了学术史写作的热潮,仅以中国古代文学学科为例,其中冠以20世纪学术史名称的便有:赵敏俐、杨树增的《20世纪中国古典文学研究史》[2],张燕瑾、吕薇芬主编的《20世纪中国文学研究》[3],蒋述卓等人主编的《20世纪中国古代文论学术研究史》[4],黄霖主编的《20世纪中国古代文学研究史》[5],傅璇琮主编的《20世纪中国人文学科学术研究史丛书文学专辑》[6],李春青主编的《20世纪中国古代文论研究史》[7],等等。有的著作虽未

---

[1] 罗宗强等:《古代文学理论研究概述》,天津教育出版社,1991年版,第7页。
[2] 陕西人民教育出版社,1997年版。
[3] 北京出版社,2001年版。
[4] 北京大学出版社,2005年版。
[5] 东方出版中心,2006年版。
[6] 福建人民出版社,2006年版。
[7] 山东教育出版社,2008年版。

以此为名，其实亦属于同类性质的著作，如：董乃斌等人主编的《中国文学史学史》[1]，傅璇琮、蒋寅主编的《中国古代文学通论》[2]等，均包含有对20世纪学术史梳理的内容。还有以经典作家作品为对象的专门研究史，如以《文心雕龙》研究为题的张少康等《文心雕龙研究史》[3]、张文勋《文心雕龙研究史》[4]、李平《文心雕龙研究史论》[5]等，以杜甫为题的吴中胜《杜诗批评史》[6]，以苏轼为题的曾枣庄《苏轼研究史》[7]，以《红楼梦》为题的白盾《红楼梦研究史论》[8]、陈维昭《红学通史》[9]等。至于在此期间以综述文章形式发表的学术史研究成果，更是难以一一列举。

与"学术研究指南丛书"相比，后来的学术史的研究无疑有了长足的进展，这表现在以下几个方面：

一是更加系统而规范。比如张燕瑾等的《20世纪中国文学研究》共10卷，不仅包括了古代文学的各个朝代，而且还增添了近代、现代和当代，应该说这才是真正完整的学术史；又如傅璇琮主编的《20世纪中国人文学科学术研究史丛书文学专辑》内容更为完整丰富，共由8种构成：《中国古代小说研究》《中国戏剧研究》《中国词学研究》《中国诗学研究》《中国古代散文研究》《中国文学批评史研

---

[1] 河北人民出版社，2003年版。
[2] 辽宁人民出版社，2005年版。
[3] 北京大学出版社，2001年版。
[4] 云南大学出版社，2001年版。
[5] 黄山书社，2009年版。
[6] 中国社会科学出版社，2012年版。
[7] 江苏教育出版社，2001年版。
[8] 天津人民出版社，1997年版。
[9] 上海人民出版社，2005年版。

究》《西方文学研究》《比较文学研究》，应该说文学研究的主要内容全都囊括进来了，而且分类也比较合理；再如黄霖主编的《20世纪中国古代文学研究史》共7卷，除了以分体所构成的"诗歌卷""小说卷""戏曲卷""散文卷""词学卷""文论卷"外，还由主编黄霖执笔撰写了"总论卷"，对20世纪古代文学研究的总体状况与重要理论问题进行归纳与评述，从而与其他分卷一起构成了一个立体的系统。这些大型的学术史丛书，较之以前那些零打碎敲而互不统属的研究已经显示出明确的优势。

二是体例多样而各显特色。就本时期的学术著作的整体情况看，大致显示出三种体例。有的以介绍研究成果为主要目的而较少做理论的总结与评判，如张燕瑾等的《20世纪中国文学研究》、张文勋的《文心雕龙研究史》等，张文勋在绪论中就说："对于入史的资料，采取实录的方法，保存其历史原貌。对当时的历史情况和资料的优劣，尽量做到述而不评，以便使读者进一步研究，评价其优劣，判断其是非。"[①]当然，并非所有的成果都是有意保持实录的特色而是缺乏判断的能力，但结果都是以介绍成果为主的写法。有的以问题为中心进行理论的总结，如赵敏俐等的《20世纪中国古典文学研究史》和韩经太的《中国文学批评史研究》等。赵敏俐以"时代变革与学术演进""文化思潮与理论思考""格局改变与领域拓展"和"文学史的研究与撰写"[②]来概括其著作内容，体现出明确的问题意识。韩经太则直接说："如今已是电子信息时代，相关资料的检索汇集，实际上

---

① 张文勋：《文心雕龙研究史》，云南大学出版社，2001年版，第11页。
② 赵敏俐等：《20世纪中国古典文学研究史》，陕西教育出版社，1997年版，第1—13页。

已不再成为学术总结的难题。关键还在'问题意识'的确立。"①既然具有如此的指导原则,其著作也就理所当然地采取了以问题为章节设计的基本格局。有的则以深层理论探索为学术目的,如董乃斌等人的《中国文学史学史》并不是去介绍评判各种文学史编撰的优劣短长,而是要通过对前人经验的总结,建立自己的文学史学史,因而其关注的焦点就是:"细心地考察文学史学演进中诸种内部与外部的交互作用,实事求是地估量各种理论观念、史料工作和史纂形式的历史成因及其利弊得失,认真地探索与总结其发展规律。"②在此基础上,董乃斌还主编了另一本理论性更强的《文学史学原理研究》③的著作,显示了其重理论总结的学术路径。

三是对于学术史认识的深化。学术史的研究对象是相当驳杂凌乱的,如何选择与评价取决于研究者的知识构成与学术素养,即使面对相同的研究对象,由于研究者不同的学术背景,也会具有较大的差异。比如对于"新红学"的态度,早期的学术史多从政治的角度采取批判的态度,而近来的学术史则更多从学理的层面进行清理。比如郭豫适在评价胡适《红楼梦考证》的研究方法时说:"胡适虽然在具体进行作者、版本问题的考证中,得出了一些比较合乎实际的、可取的看法,但是我们不能因此而肯定他那实验主义的真理论和实用主义的研究方法。"④很明显,这是当时对胡适"大胆假设,小心求证"方法的关注与批判。而陈维昭在评价胡适时也说:"以胡适为代表的'新红学'的最本质的错误在于无视文本的创造过程和文本的阅读的不可

---

① 韩经太:《中国文学批评史研究》,福建人民出版社,2006年版,第10页。
② 董乃斌等:《中国文学史学史》,河北人民出版,2003年版,第26页。
③ 董乃斌等:《文学史学原理研究》,河北人民出版社,2008年版。
④ 郭豫适:《红楼梦研究小史续稿》,上海文艺出版社,1981年版,第44页。

逆性,无视叙述行为和阅读行为的解释性。"①如果没有接触过新批评的文本理论与接受美学等开放性阐释新理论,作者不可能对胡适的新红学进行此种学理性的批评。从知识构成角度看,郭豫适依然在传统理论的层面研究胡适,而陈维昭则是用新的理论视角在审视胡适,尽管二人的评价有深浅的差异,但并无高低的可比性,因为那是处于不同时代的学术研究,只存在时代的差异而难以进行水平高低的对比。

指出上述学术史研究的新进展并不意味着目前的学界不存在问题,其实在学术史研究局面繁荣的背后,潜存着许多必须关注的缺陷甚至是弊端。这种情况可以分为两个层面。一个是大批貌似学术史研究而实则仅仅是成果的罗列,作者既未能全面搜罗成果,也缺乏鉴别拣择的能力。此类成果对于学术研究几乎毫无贡献,故不在本文的论述范围之内。另一个是许多严肃性的学术史著作与论文,对学界的进一步研究影响较大,但也存在着种种的问题,这就不能不引起足够的重视。就笔者所看到的学术史论著,大致存在着以下应该引起注意的现象。

首先是资料的不完整。竭泽而渔地网罗全部资料是学术史研究的前提,然后才能从中筛选出有价值的成果进行分析评价。然而目前的学术史著作中却很少有人将学术史资料搜集齐备的。尽管目前电脑网络的搜集手段已经足够先进便捷,但也恰恰由于过分依赖网络检索而忽视了其他检索的途径。比如目前网络数据库的内容基本上是经过授权的期刊,而在此之外却存在大量的盲点,论其大者便有未上期刊网的地方刊物成果、丛刊及论文集中的成果以及通史类中所包含的成果三种,均时常被学者所忽略。且不说那些以举例为写

---

① 陈维昭:《红学通史》,上海人民出版社,2005年版,第160页。

作方式的论著,即使那些专门提供成果索引的学术史著作,也存在此类问题。比如中国社会科学院历史研究所明史研究室编纂的《百年明史论著目录》[1]一书,搜集了自1979至2005年的明史研究成果,应该有足够的权威性,但本人在翻检自己的成果时却吃惊地发现有大量的遗漏。其中共收本人7篇论文和3部著作,但那一时期作者共发表有关明史研究的论文20篇,也就是说遗漏了将近三分之二的论文。遗漏部分有些是上述所言的盲区,如《阳明心学与冯梦龙的情教说》[2]属于论文集所收成果,《明代心学与文学》[3]属于论著中所包含成果。而《童心说与李贽的人生价值取向》[4]、《阳明心学与唐顺之的学术思想、文学思想与人格心态》[5]、《论王阳明的审美情趣与文学思想》[6]属于增刊或丛刊类成果。但不知是何原因,在知网中所收录的8篇论文竟然也被遗漏,似乎令人有些费解[7]。可以想象,如果按

---

[1] 中国社会科学院历史研究所明史研究室编:《百年明史论著目录》,安徽教育出版社,2012年版。
[2] 张晶主编:《21世纪文艺学研究的新开拓》,中国传媒大学出版社,2003年版。
[3] 傅璇琮、蒋寅:《中国古代文学通论(明代卷)》,辽宁人民出版社,2005年版。
[4] 《朱子学刊》第8辑,1998。
[5] 《文学与文化》第1辑,2003。
[6] 《文艺研究》1999年增刊。
[7] 这8篇文章是:《耿、李之争与李贽晚年的人格心态巨变》(《北方论丛》1994年第5期)、《禅学思想与李贽的童心说》(《郑州大学学报》1995年第5期),《从良知到性灵:明代文学思想的流变》(《南开学报》1995年第4期)、《阳明心学与汤显祖的言情说》(《文艺研究》2000年第3期)、《从本色论到性灵说:明代性灵文学思想的流变》(《社会科学战线》2000年第6期)、《内在超越与江门心学的价值取向》(《南昌大学学报》2000年第2期)、《李贽文学思想与心学关系及其影响研究综述》(《首都师范大学学报》2002年第6期)、《20世纪以来心学与明代戏曲小说关系研究综述》(《首都师范大学学报》2004年第5期)。

照该索引查找本人有关明史的研究成果，其学术史的研究将会与实际状况有较大的出入。

其次是选择的合理性。尽管在搜集研究成果时力求其全，但除了索引类著作外，谁也无法且亦无必要将所收集到的成果全部罗列出来，也就是说作者必须进行选择，何者须重点介绍，何者须归类介绍，何者可归为存目。选择的工作需要的是作者的学养、眼光以及对该研究领域的熟悉程度。比如同样是对明代诗歌研究史的梳理，余恕诚《中国诗学研究》用了"百年明诗研究历程""高启诗歌研究"和"前后七子诗歌研究"三个小节予以论述，而羊列荣《20世纪中国古代文学研究史（诗歌卷）》却仅用"关于明诗的叙述状况"一节进行介绍，而且重点叙述"公安派的现代发现"。这种选择的不同就有二人学术判断的差异，也有是否对明代诗歌研究具有实际研究经验的问题。其实，就研究史本身看，现代学术史上的明诗研究都比较偏重一首一尾，高启与陈子龙乃是其重要研究对象。从学术的误区来看，传统的研究比较重视复古派的创作而轻视性灵派的创作。应该说二人的选择都存在一定的问题。

三是体例的统一性问题。就近几年来的学术史研究看，由于规模越来越大，很难由一人单独完成，因此组织队伍进行合作研究就成为常见的方式。合作研究的模式大致有两种，导师带学生与学科老师合作，或者两种模式相结合也很常见。如果导师认真负责地制定体例与审定文稿，统一性也许可以得到保障。如果仅仅是汇集众人文稿而成，就不仅是体例统一的问题，还会具有种种漏洞诸如资料不全、选择不当、评价偏颇乃至文句错讹的存在。而学者之间的合作往往会存在体例不一的问题，因为每人的学术背景、研究习惯及文章风格多有不同，难免会有所出入。蒋述卓《20世纪中国古代文论学术研究史》是由蒋述卓、刘绍瑾、程国赋、魏中林等同仁合著的,其主要特点是将研究的历史阶段与专题研究结合起来进行论述,虽然部头不大,但却将20世纪古代文论研究的方方面面都涉及到了,是一部简明而系统的学术史著作。但如果细读,还是会发现作者之间的行文差异。蒋述卓长期从事古代文论的研究,不仅对材料相当熟悉,而且对许多专题有自己的思考,所以采用"述"与"论"相结合的方式,为此他还在"80至90年代中西比较文论研究的发展"一章里专门写了"中西比较文论研究的总体评价与展望"一节,畅谈自己的看法与设想。而在程国赋等人所撰写的"专题研究回顾"部分,却很少发表评价性的意见,尤其是《文心雕龙》研究部分,几乎就是研究成果的客观介绍。这样做当然是一种严肃的学术态度,与其因不熟悉而评价失当,倒不如客观叙述介绍,遗憾的是在体例上不免有些出入,与理想的学术史研究还有一定差距。

除了上述的种种不足之处外,同时也还存在着分析的深入性、评价的公正性、预测的先见性等方面的问题。但归结起来说,学术史的研究其实就是两个主要方面:是否准确揭示了真正有价值的学术观点与研究方法,是否通过学术史的梳理寻找出了新的学术增长点与研究空间。退一步说,即使不能指出以后的学术方向,起码也要传达与揭示有价值的学术成果。

二、《明儒学案》的启示:学术史研究的原则

学案体作为中国古代学术史编撰的一种写作模式,曾以其鲜明的特点长期被学界所关注。史学家陈祖武概括说:"学案体史籍,是我国古代史学家记述学术发展历史的一种独特编纂形式。其雏形肇始于南宋初叶朱熹著《伊洛渊源录》,而完善和定型则是数百年后。

清朝康熙初叶黄宗羲著《明儒学案》,它源于传统的纪传体史籍,系变通《儒林传》(《儒学传》)、《艺文志》(《经籍志》),兼取佛家灯录体史籍之所长,经过长期酝酿演化而成。这一特殊体裁的史书,以学者论学资料的辑录为主体,合案主生平传略及学术总论为一堂,据以反映一个学者、一个学派,乃至一个时代的学术风貌,从而具备了晚近所谓学术史的意义。"①在中国古代,接近于陈先生所说的这种学案体著作大致有朱熹《伊洛渊源录》、耿定向《陆杨学案》、刘元卿《诸儒学案》、周汝登《圣学宗传》、刘宗周《论语学案》、孙奇逢《理学宗传》、黄宗羲《明儒学案》、徐世昌《清儒学案》等。尽管在学案体的起源与名称内涵上目前学界尚有争议,但黄宗羲的《明儒学案》作为学案体的代表性著作则是毫无争议的。梁启超就曾说:"中国有完善的学术史,自梨洲之著学案始。"并且从黄宗羲《明儒学案》中总结出编撰学术史的几个条件:

> 著学术史有四个必要的条件:第一,叙一个时代的学术,须把那时代重要各学派全数网罗,不可以爱憎为去取。第二,叙某家学说,须将其特点提挈出来,令读者有很明晰的观念。第三,要忠实传写各家真相,勿以主观上下其手。第四,要把个人的时代和他一生经历大概叙述,看出那人的全人格。梨洲的《明儒学案》,总算具备这四个条件。②

就《明儒学案》的实际情况看,全书共62卷,由5个大的板块组成:师说(黄宗羲之师刘宗周对明代有代表性思想家之评价)、有传承之流

---

① 陈祖武:《学案再释》,《北京师范大学学报》2009年第2期。
② 梁启超:《中国近三百年学术史》,东方出版社,1996年版,第58页。

派学案、诸儒学案、东林学案和蕺山学案。基本上囊括了明代儒家思想的主要流派和代表性人物。每一学案则主要由三部分内容构成：首先是总序，主要对本学案之师承渊源、思想特点以及作者之评价等；其次是学者小传，包括其生平大概及为学宗旨；其三是传主主要论学著作、语录之摘编。由此，有学者从体例上将其概括为"设学案以明学脉""写案语以示宗旨"和"原著选编"①。也有学者从方法论的角度将其改为"网罗史料、纂要钩玄""辨别同异""揭示宗旨、分源别派、清理学脉""保存一偏之见、相反之论"②。这些研究对于认识黄宗羲的思想特征与学术地位均有显著的贡献，也对学案体的体例有所揭示与总结。然而，这其中所蕴含的对于当代学术史研究的启示却较少有人提及。

就黄宗羲本人在《明儒学案》的序文及发凡中所重点强调的看，"分其宗旨，别其源流"③乃是其主要着眼点。也就是说，《明儒学案》所体现的学术原则与学术精神，主要由明宗旨与别源流两个方面所构成，而且此二点也对当今学术史的研究最具启发价值。

明宗旨是黄宗羲《明儒学案》最鲜明的特色之一，但其究竟有何内涵，学界看法却不尽一致。本人通过对该书的序言、发凡及相关表述的细致解读，认为它具有三个层面的含义。

首先是对最能体现思想家或学派特征、为学方法及学说价值的高度凝练的概括。黄宗羲说：

> 大凡学有宗旨，是其人之得力处，亦是学者之入门处。天下

---

① 朱义禄：《论学案体》，《哈尔滨工业大学学报》1999年第1期。
② 李明友：《一本万殊》，人民出版社，1994年版，第90—199页。
③ 黄宗羲：《明儒学案序》，《明儒学案》，中华书局，1985年版，第8页。

之义理无穷,苟非定以一二字,如何约之,使其在我。故讲学而无宗旨,即有嘉言,是无头绪之乱丝也。学者而不能得其人之宗旨,即读其书,亦张骞初至大夏,不能得月氏要领也。是编分别宗旨,如灯取影,杜牧之曰:"丸之走盘,横斜圆直,不可尽知。其必可知者,知是丸不能出于盘也。"夫宗旨亦若是而已矣。①

此段话有三层意思:一是学者为学需有自己的宗旨,而且用简短的语句将其概括出来,以便体现自我的为学原则;二是了解这种学说也要抓住此一宗旨,才能得其精要,领会实质;三是介绍这种学说,也要能够用"一二字"概括出其为学宗旨,以便把握准确。从学术史研究的角度讲,如果研究对象本身宗旨明确,那当然对研究者是很有利的。但实际情况往往并非如此,越是大思想家和大学者,其思想越是丰富复杂,如何在这包罗万象的学说体系中提炼出其为学宗旨,那是需要经过研究者的认真思考与归纳的。黄宗羲的可贵之处是他能够遍读原始文献,经由认真斟酌,然后高度凝练地提取出各家之宗旨。正如其本人所言:"每见钞先儒语录者,荟撮数条,不知去取之意谓何。其人一生之精神未尝透露,如何见其学术?是编皆从全集纂要钩玄,未袭前人之旧本也。"②也就是说,提炼宗旨的前提是广泛阅读研究对象的全部文献,真正寻找出其为学宗旨,而不是将自我意志强加给对象,他之所以不满意周海门的《圣学宗传》,其原因就在于:"且各家自有宗旨,而海门主张禅学,扰金银铜铁为一器,是海门一人之宗旨,非各家之宗旨也。"③关于黄宗羲提炼宗旨而遍读各家全集的情

---

① 黄宗羲:《明儒学案发凡》,《明儒学案》,中华书局,1985年版,第17页。
② 黄宗羲:《明儒学案发凡》,《明儒学案》,中华书局,1985年版,第18页。
③ 黄宗羲:《明儒学案发凡》,《明儒学案》,中华书局,1985年版,第17页。

况,已有许多学者进行过考察,大都得出了肯定的结论。从此一角度出发,可知做学术史研究的第一步便是真正从研究对象的所有成果的研读中,高度概括出其学术的宗旨与精神,让人一看即可辨别出其学术的特色。

其次,宗旨是思想家或学派独创性的体现。黄宗羲认为:"学问之道,以各人自用得著者为真。凡倚门傍户,依样葫芦者,非流俗之士,则经生之业也。此编所列,有一偏之见,有相反之论,学者于其不同处,正宜著眼理会,所谓一本而万殊也。以水济水,岂是学问!"①学术的精髓在于有思想的创造,而不在于求全稳妥,因而在《明儒学案》中,就特别重视"有一偏之见,有相反之论"的学者,而对那些"倚门傍户,依样葫芦"陈陈相因的"流俗""经生"之见,则一概予以祛除。如果说提炼宗旨是学术史研究的第一步,那么辨别各家宗旨有无创造性从而决定是否纳入学术史的叙述则是其第二步。在当代学术史研究中,并不是都能做到此一点的,许多学者为了体现求全的原则,常常采取罗列成果、全面介绍的方式,结果学术史成了记述论著的流水账,其中既无宗旨之提炼,亦无宗旨之辨析。黄宗羲的这种观点,体现了明代重个性、重创造的学术精神,至今仍然具有重要的启示意义。

其三是宗旨是为学精神与生命价值追求的结合。关于此一点,其实是与其"自得"的看法密切相关的。在"发凡"中,黄宗羲除了提出宗旨的见解外,同时又提出"自得"的看法。何为"自得"?有学者认为:"'自得'坚持的是一种独立的政治精神,强调的是一种自由的心理意识。"并认为"自得"与"宗旨"的关系是:"在黄宗羲的视野

---

① 黄宗羲:《明儒学案发凡》,《明儒学案》,中华书局,1985年版,第18页。

中,只有走向阳明心学的'自得'才可以称为'宗旨',否则,不是'宗旨不明',就是'没有宗旨'。"①必须指出,"自得"固然与独立思考的学术精神密切相关,但这并非其全部内涵,而且"自得"与"宗旨"也不能完全等同。比如黄宗羲认为,王阳明之前的明代学术,"习熟先儒之成说,未尝反身理会,推见至隐,所谓'此亦一述朱,彼亦一述朱'耳"②。可见他们缺乏思想的创造性,当然也就没有"自得",但并不妨碍其学说亦有其宗旨,黄宗羲曾经将明前期同倡朱子学的吴与弼和薛瑄的不同宗旨概括为:康斋重"涵养"而文清重"践履"。当然,有"自得"之宗旨优于无"自得"之宗旨亦为黄宗羲所认可,但不能说无自得便无宗旨。其实,黄宗羲所言的自得,除了具有独立自由的精神意识外,还有两种更重要的内涵。一是自我的真切体悟而非流于口头的言说,其《明儒学案发凡》说:

  胡季随从学晦翁,晦翁使读《孟子》。他日问季随:"至于心,独无所同,然乎?"季随以所见解,晦翁以为非,且谓其读书卤莽不思。季随思之既苦,因以致疾,晦翁始言之。古人之于学者,其不轻授如此,盖欲其自得之也。即释氏亦最忌道破,人便做光景玩弄耳。此书未免风光狼藉,学者徒增见解,不做切实工夫,则羲反以此书得罪于天下后世也。③

此处的"自得"便是由自身思考体悟而来的真切感受与认知,而且按照心学知行合一的观念,真正的"知"就包括了践履的"行",黄宗羲

---

① 姚文永、宋晓伶:《"自得"和"宗旨"——〈明儒学案〉一个重要的编撰方法与原则》,《大连大学学报》2010年第3期。
② 黄宗羲:《明儒学案》,中华书局,1985年版,第179页。
③ 黄宗羲:《明儒学案发凡》,《明儒学案》,中华书局,1985年版,第18页。

称之为"切实工夫"。与此相反的是,停留于言说的表面而无体验与行动,那便叫做"玩弄光景"。正如黄宗羲批评北方王学"亦不过迹象闻见之学,而自得者鲜矣"[1]。"迹象闻见"便是停留于语言知识的层面而无真切的体验,也就是没有"自得"。二是自我境界的提升与人格的完善,也就是心学所言的自我"受用"。用黄宗羲的话说就是:"夫先儒之语录,人人不同,只是印我之心体,变动不居,若执定成局,终是受用不得。此无他,修德而后可讲学。今讲学而不修德,又何怪其举一而废百乎?"[2]在此,语录与受用、讲学与修德都是通过"自得"而联系起来的。这也难怪,心学本身就是修身成圣的学问,如果不能实现修身成圣的"受用",便是"玩弄光景"的假道学。所以黄宗羲在概括阳明心学时才会说:"自姚江指点出'良知人人现在,一反观而自得',便人人有个做圣之路。"[3]

将为学宗旨的鲜明特征、思想创造和自得受用结合起来,便是心学所说的"有切于身心",也就是有益于身心修为,有益于砥砺人格,有益于提升境界,有益于圣学追求。这既是其为学宗旨,也是其为学目标。黄宗羲以此作为《明儒学案》衡量学派的标准,既合乎其作为心学后劲的身份,也符合明代心学的学术品格。以此反观现代的学术史研究,就会发现存在明显的缺失。也许我们并不缺乏对学者思想特征与学术创造的归纳论述,但大都将其作为一种专业的操作进行衡量评说,而很少关注其是否"有切于身心",也就是对学者的学术追求和社会责任、人文关怀以及性情人格之间的关系极少留意。

---

[1] 黄宗羲:《明儒学案》,中华书局,1985年版,第636页。
[2] 黄宗羲:《黄梨洲先生原序》,《明儒学案》,中华书局,1985年版,第9页。
[3] 黄宗羲:《明儒学案》,中华书局,1985年版,第179页。

我认为在对人格境界与社会关怀的重视方面也许我们真的赶不上黄宗羲。

别源流是黄宗羲《明儒学案》第二个要实现的目标。所谓别源流,就是要理清学派的传承与思想的流变。从黄宗羲《明儒学案》的实际操作上看,其别源流分为四个层面:一是梳理明代一代学术源流,二是寻觅明代心学学脉,三是阳明心学本身的学脉关系,四是学者个人思想的演变过程。关于黄宗羲考镜源流的业绩,贾润在其《〈明儒学案〉序》中指出:

> 盖明儒之学多门,有河东之派,有新会之派,有余姚之派,虽同师孔、孟,同谈性命,而途辙不同,其末流益歧以异,自有此书,而分支派别,条理粲然,其余诸儒也,先为叙传,以纪其行,后采语录,以列其言。其他崛起而无师承者,亦皆广为罗列,靡所遗失。论不主于一家,要使人人尽见其生平而后已。①

"分支派别,条理粲然"八个字,可以说高度概括了《明儒学案》在别源流方面的特点。黄宗羲在别源流的过程中,始终坚持两点,即兼综百家的包容性和兼顾优劣的公正性。尽管他是王门后学,但并不忽视其他学派的论述,这便是其巨大的包容性;而对于他最为看重的心学大师王阳明,既赞誉其"故无姚江,则古来之学脉绝矣",同时又指出:"然致良知一语,发自晚年,未及与学者深究其旨,后来门下各以意见掺合,说玄说妙,几同射覆,非复立言本意。"②以会合朱陆的方式纠正阳明及其后学的偏差,乃是刘宗周为学之核心,黄宗羲对阳明

---

① 黄宗羲:《明儒学案》,中华书局,1985年版,第12页。
② 黄宗羲:《明儒学案》,中华书局,1985年版,第179页。

的批评显然也受到其师刘宗周的影响,但同时也是他本人的真实看法与辨析源流的基本学术原则。

当然,学界也有对黄宗羲《明儒学案》的负面评价,比如钱穆就对黄宗羲在选取诸家言论的"取舍之未当"深致不满,并认为其"于每一家学术渊源,及其独特精神所在,指点未臻确切"。至于造成如此弊端之原因,钱穆则认为是黄宗羲"乃复时参以门户之见,义气之争。刘蕺山乃梨洲所亲授业,亦不免此病"①。至于《明儒学案》是否真的存在如钱穆所言缺陷,以及钱穆对黄宗羲之诟病是否恰当,均可进一步进行深入的讨论②。在此需要强调的是黄宗羲别源流的原则及其依据。

黄宗羲之所以重视"分其宗旨,别其源流",是他认为明代思想界最为独特乃是学者之趋异倾向,也就是表达自我的真实见解与学术个性。他说:"有明事功文章,未必能越前代,至于讲学,余妄谓过之。诸先生学不一途,师门宗旨,或析之为数家,每久而一变。……诸先生不肯以懵懂精神冒人糟粕,虽浅深详略之不同,要不可谓无见于道者也。"③从横的一面,同一师门的宗旨可以分化为数家;从纵的一面,时间长了必然会发生变化。学术的活力就在于这种差异性和变动不居。这些不同派别与见解也许有"浅深详略之不

---

① 钱穆:《中国学术思想史论丛》卷七,安徽教育出版社,2004年版,第260页。

② 已有学者撰文指出,钱穆此论并不恰当,认为其原因在于:"由于钱穆的学术思想由'阳明学'逐渐转向'朱子学',其在晚年对阳明学多有指摘,故批评黄宗羲守阳明学门户,对《明儒学案》的评价由大加赞赏转向多有贬斥。"见张笑龙《钱穆对〈明儒学案〉评价之转变》,《广东社会科学》2013年第3期。

③ 黄宗羲:《明儒学案序》,《明儒学案》,中华书局,1985年版,第7页。

同",但其可贵之处在于不肯重复前人的陈词滥调而勇于表达自我对"道"的真知灼见。所以他反复强调:"羲为《明儒学案》,上下诸先生,深浅各得,醇疵互见,要皆功力所至,竭其心之万殊者,而后成家,未尝以懵懂精神冒人糟粕。"①何为"懵懂精神"?就是缺乏独立思考的能力而人云亦云,就是"倚门傍户,依样葫芦"的迷信盲从。只有那些"竭其心"的有得之言,尽管可能"醇疵互见",却足以成家。黄宗羲所要表彰的,正是这些所谓的"一偏之见""相反之论"。黄宗羲此种求真尚异的观念,是明代心学流行的必然结果,是学者崇尚自我和挑战权威精神的延续,所以他才会如此说:"古之君子宁凿五丁之间道,不假邯郸之野马,故其途亦不得不殊。奈何今之君子,必欲出于一途,使厥美灵根者,化为焦芽绝港。"②思想的创获来自艰辛的探索与思考,犹如开山凿道之不易。而如果使所有的学者均纳入同一模式的思想,就只能导致"焦芽绝港"的思想枯竭。学术的多样性乃是探索真理的必要性所决定的,因为"学术不同,正以见道体之无尽也"③。坚持思想探索,倡导独立精神,赞赏学术个性,鼓励流派纷争,这是黄宗羲留给我们最有价值的思想启示。

　　自黄宗羲之后,以学案体撰写学术史者虽然不少,但能够与其比肩者却绝无仅有。且不说清人徐世昌《清儒学案》和唐鉴《清学案小识》这类以堆积资料为目的的著作,它们既无宗旨之精炼提取,又无学脉之总体把握,即令是今人钱穆之《朱子新学案》、陆复初之《王船山学案》、杨向奎之《新编清儒学案》、张岂之之《民国学案》等现代学

---

① 黄宗羲:《黄梨洲先生原序》,《明儒学案》,中华书局,1985年版,第10页。
② 黄宗羲:《黄梨洲先生原序》,《明儒学案》,中华书局,1985年版,第10页。
③ 黄宗羲:《明儒学案序》,《明儒学案》,中华书局,1985年版,第7页。

术史著作,虽在思想评说、范畴辨析、问题论述及资料编选诸方面各有优长,但在学脉梳理及论述深度上皆难以达到《明儒学案》的高度。

在文学领域的学术史研究中,有两套丛书近于学案体的特征,它们是陈平原主持的"20世纪中国学术文存"(湖北教育出版社)和陈文新主持的"中国学术档案大系"(武汉大学出版社)。前者共拟出版20种研究论集,自21世纪初至今已基本完成;后者动议于十年之前,如今也已出版有十余种。从编写目的看,二者都重视文献的保存,都以选择优秀成果作为主体部分,这可视为是对《明儒学案》原著摘编方式之继承。从编写体例上,"文存"由导论、文选和目录索引三个部分组成,"学术档案"则由导论、文选、论著提要和大事记四部分构成。导论相当于《明儒学案》的总论部分,但由于是针对一代学术而言,不如《明儒学案》的简要精炼。目录索引与大事记是受现代学术观念影响的结果,故可存而不论。至于论著提要则须视各书作者之学术眼光与概括能力而定,就本人所接触的几册看,大致以截取各书之内容提要而来。如果以黄宗羲的明宗旨与别源流的两个标准来衡量这两套丛书,它们显而易见是远远没有达到《明儒学案》的水平。因为文选部分尽管通过选优而保存了名家的代表作,却必须通过每位读者自己的阅读体味来了解其学术特色。"学术档案"的情况略有改变,其选文之后附有作者生平、学术背景、内容简介与评述、作者著述情况等,但大多是情况介绍而乏精深之论[1]。至于别源

---

[1] "学术档案"各书体例不甚统一,选文后有的是情况简介,有的则是对选文的学术评价,如王炜的《〈金瓶梅〉学术档案》的每篇选文之后都有一篇学术导读,就该文及学术思想、研究方法进行评价,应该说是基本达到了"明宗旨"的要求。

流更是这两套丛书的短板,就我所接触到的导论部分而言,只有王小盾在《词曲研究》的导论中简略提及了任二北的师承关系及台湾高校的注重师承传授,其他著作则盖付阙如,似乎别源流已经被置于学术史研究之外。当然,在此需说明两点:一是在此并没有责备丛书主持人和各书作者之意,因为其他的学术史著作也都没有关注此一问题;二是别源流的问题之所以被现代学术史研究所遮蔽,是因为学术研究中的师承观念与学派意识逐渐淡化,从而难以为学术史研究提供丰富的研究案例与内容。但又必须指出,学术研究中师承观念与学派意识的缺位并不能完全成为学界忽视该问题的借口,因为寻找研究中存在的问题与缺陷同样是学术史研究的重要组成部分。对此将留待下节展开论述。

三、学术史研究的三个层面:总结经验、寻找缺陷与提出新的学术增长点

黄宗羲是明清之际的大思想家,《明儒学案》是中国历史上的经典学术史著作,所以应该对其进行认真研究,从中受到有益的启示。但是,学案体毕竟是古代的产物,面对更为丰富复杂的研究对象,就不必从体例上再去刻意模仿这样的著作,而是要吸取其学术思想与撰写原则,从而弥补当今学界学术史研究之不足。就现代学术史研究看,我认为有三个层面的内容必须具备并对其内涵进行认真的辨析。

首先是总结经验。其实也就是通过对学术研究过程的清理使读者明白前人提出了何种观点,解决了哪些问题,运用了什么方法,取得过什么成就,存在过什么教训,等等。既然是学术史,就需要具备"史"的品格,也就是必须写出历史的真实内涵,包括历史现

象的真实反映和历史发展过程中关联性的揭示。其实,黄宗羲所归纳的明宗旨和别源流两个原则正是反映真实与揭示历史关联性的精炼表述。需要指出的是,《明儒学案》只是明代儒学发展的学术史,属于思想史的范畴,因此其主要目的便是总结提炼各家的主要思想创获以及学派之间的关系。而现代学术史所面对的研究对象要更加丰富,因而对其历史真实内涵的把握与关联性的揭示也更为复杂。

就现代学术史写作的一般情况看,学界大都采取纵向以时间为坐标而分期叙述,横向则以地域、学者或问题作为基本单元进行分类介绍。此种历史与逻辑相结合的结构方式乃是学术史写作的主要套路,基本能够承担学术经验总结的叙述功能。但也并非不存在问题,因为无论是以作者为基本单元还是以问题为基本单元,都需要经过作者的筛选与拣择,那么什么能够进入学术史的叙述框架就成为作者所操持的话语权力,不同立场、不同眼光、不同标准,甚至不同师承与学派,就会有理解判断的差异,争议的产生也就在所难免。于是,便有了学术编年史的出现。编年史的好处在于以编年的方式将与学术相关的内容巨细无遗地网罗其中,能够全面展示学术发展的过程。只不过这种学术编年史的写作目前还仅限于中国古代,而且也只有梅新林等人的《中国学术编年》这一部书。能否用编年史的方式进行现代学术史的写作,当然可以继续进行讨论与实验,但可以肯定的是,编年史无论如何也不能代替传统的学术史研究,因为突出重点几乎和展示全面同等的重要,否则黄宗羲以突出主要学脉的《明儒学案》也不会受到学界的广为赞誉了。

从总结经验的角度看,目前存在的最主要的问题不在于学术史的编写体例，而是对于明宗旨与别源流的把握是否到位。从明宗旨的角度，存在着一个突出主要特征与全面反映真实的问题。无论是一个历史时期、一个流派还是一位学者，其学术研究都会存在这样的矛盾。作为学术史研究，就既要抓住主要特征以显示其学术观念、研究方法及研究结论的独特贡献，又要照顾到其他方面以把握其完整面貌。比如在研究民国时期现代文学观念的形成时，人们自然会更多关注受西方文学理论与方法影响较深的那些学者，以探索中国现代学术史是如何从中国传统的文章观念而转向现代纯文学观念的学术操作的。但是同时又不能忽视，当时还有许多学者依然在运用传统的文章观进行研究。那时既有刘经庵只把诗歌、戏曲与小说作为研究对象的《中国纯文学史》，因为作者的文学观念是"单指描写人生，发表情感，且带有美的色彩，使读者能与之共鸣共感的作品"[1]。但也有陈柱收有骈文甚至八股文的《中国散文史》，因为作者的文学观念是"文学者治化学术之华实也"[2]。从当时的学术观念看，刘经庵是进步与时髦的，但从今天的学术观念看，陈柱也未必没有自己的道理。如果从提供历史经验上看，二者都有其学术价值；如果从展现历史真实上看，就更不能忽视非主流声音的存在。从别源流的角度，目前的学术史研究可能存在的问题更大。尽管现代学术史上真正形成学术流派的不多，但却不能忽视学术思想的传承与分化，甚至一个学者也会有学术思想形成、发展和变化的过程。学术思想的变化往往会导致其研究对象的选择、学术方法的使用以及学术立场的改变等等变化。只有把这些变化过程交代清楚了，才能从中总结学术研

---

[1] 刘经庵：《中国纯文学史》，江苏文艺出版社，2008年版，第1页。
[2] 陈柱：《中国散文史》，江苏文艺出版社，2008年版，第1页。

究与时代政治、环境风气、研究条件之间的复杂关系等历史经验,同时也才能把历史发展的过程性梳理清楚。无论是在所接受的学术训练的系统性上,还是所拥有的研究条件上,我们的时代都要更优于黄宗羲,理应在明宗旨和别源流上比他做得更好,但遗憾的是在许多方面黄宗羲依然是我们无法超越的楷模。

在总结历史经验上,目前的学术史研究还存在着一个更大的误区,这便是对于历史教训的忽视。几乎所有的学术史在写到"文革"十年时,都用了"空白"二字来概括本时期的特征,而内容上更是一笔带过。有不少学者甚至在处理建国后十七年的学术史时,也采取了类似的态度。从成果选优的角度,这样做当然有其道理,因为你无法在此时找到值得后人学习与参考的学术成果与学术方法。然而,学术史研究不同于学术研究,学术研究上没有价值的东西未必在历史经验的总结上也毫无价值。学术史研究中要淘汰和忽略的是大量平庸重复、缺乏创造力的书籍文章,也就是黄宗羲所说的"倚门傍户""依样葫芦"的低劣制作,而不是缺陷和错误。因为从学理上讲,历史乃是一个连续不间断的时间链条所构成的,如果失去其中的一个链条,哪怕是一个有问题的链条,也将会破坏历史发展的连续性。一位新诗研究专家在谈到自己的研究经验时说:

> 在撰写《中国新诗编年史》过程中,我越来越感到,面对20世纪的新诗,只是从艺术和诗的角度进入会感到资源十分匮乏,像新民歌运动、"文革"诗歌等,20世纪很大一部分新诗作品并不是艺术或诗的,但如果站在问题的角度加以审视,其独特和复杂怕是中国诗歌史上任何一个时期都不能相比的。我力求这部编年史能更多地包含和揭示近一个世纪新诗发展过程中的问题

及问题的复杂性。①

这是就文学史研究而言的,其实学术史研究又何尝不是如此。站在学术价值的立场看"文革"或十七年,固然是研究史的低谷甚至"空白",但站在总结教训与探索问题的立场上,也许包含着繁荣期难以具备的研究价值。比如说建国后一直以极大的声势批判胡适的新红学,可是新红学所确立的自传说与两个版本系统的学术范式却始终左右着《红楼梦》研究界,最后反倒是新红学的主要成员俞平伯对新红学的研究范式提出了颠覆性的看法。这其中所包含的政治与学术研究的关系到底有何价值?又比如在所谓"浩劫"的年代,许多学者辍笔不作或跟风趋时,钱锺书却能沉潜学问,写出广征博引、新见时出的百余万言的《管锥编》,这是他个人例外呢,还是其他人定力不够?也是一个值得研究的问题。在人文学科研究中,闭门造车固然封闭保守,趋炎附势肯定丧失品格,那么在社会关怀与学术独立的关系中学者到底如何拿捏才是恰当?这些都是研究学术中的重大问题,也是至今学者必须面对的问题。从此一角度讲,对于历史教训研究的价值绝不低于对于研究成绩的表彰。可惜在这方面我们以前的关注实在太少。

其次是寻找缺陷。所谓寻找缺陷就是检点现代学术史研究中存在的不足,其中大到研究范式的运用、研究价值的定位、学术盲点的寻找,小到某个命题的把握、某一材料的安排、某一术语的使用等等。在目前的学术界,无论是对学术史的研究还是当今的学术批评,往往是赞赏多而批评少,总结经验多而寻找缺陷少。究其原因,其中既有

---

① 刘福春:《还原历史的丰富与复杂》,《文学评论》2014年第4期。

水平问题,也有学风问题。但是对于学术史研究来说,寻找缺陷的意义绝不低于总结经验,因为寻找不出缺陷就不能提出新的学术路径,也就不能进一步提升研究的水平。

其实在学术史研究中确实还存在着很多需要纠正的弊端与不足,就其大者而言便有以下数种。

(一)研究模式的缺陷。比如现代文学史的研究模式是建立在西方的学术理念与研究方法的学理基础上,从根本上说是西方近代以来理性主义思潮的产物。这种理性主义的研究范式以逻辑的思维与证据的原则作为其核心支撑,用中国古人的话说叫做言之成理与持之有故。没有这样的研究范式,中国的学术研究就不能从传统的评点鉴赏转向现代的理论思辨与逻辑论证,也就不能具备现代学术品格。然而,这种理性主义思潮基本是以自然科学为依托的,所以带有浓厚的科学色彩。其中有两点对现代学术研究具有根深蒂固的负面影响,这便是生物学上的进化论与物理学上的规律论。表现在历史研究中,就构成以文体创造为演进模式的"一代有一代之文学"的文学史理论,而表现在研究目的上则是寻找各种各样的文学史规律,诸如唐诗繁荣规律、《红楼梦》创作规律、旧文学衰亡规律等等。直至今日,这种研究模式依然在发挥巨大的影响力而左右着学者的思维方式。其实,自然科学的理论在进入人文学科领域时,是需要进行检验和调整的,否则就会伤害到学科自身。因为文学史研究不能以寻找规律为研究目的,他必须以总结历史上人们如何以审美的方式满足其精神需求作为探索的目标,然后才可能对当今的精神生活提供有益的历史经验。同理,"一代有一代之文学"的线性进化理论也不符合文学发展的实际,因为随着人类社会的发展,日益丰富的生活带来人们更为丰富的情感世界,于是也就需要更多的文学样式与方法来满足其精神需求，那么文学史的发展过程就只能呈现为文体如滚雪球般的日益复杂多样，而不是进化论式的相互替代。不改变这种研究范式，我们只能依然沿着冯沅君的老路，把诗歌史只写到宋代，而永远找不到明清诗文研究的合法性来。

（二）流派研究的缺失。学术史研究是对学术研究实践的描述与归纳，这乃是学界的常识。从此一角度说，现代学术史研究中流派观念的淡漠与研究的弱化似乎是必然的。黄宗羲《明儒学案》在别源流方面之所以做得足够出色，是因为明代思想界学派林立、论争激烈，从而保持了巨大的思维活力，黄宗羲面对如此活跃的学术实践，当然将流派研究作为自己的主要特色。清代缺乏这种思想活力，建国伊始便禁止文人结社讲学，当然也形不成学界的流派。研究清代的学术史，似乎也理所当然地写不出《明儒学案》那样的著作。那么，现代学术研究是否也可以因学术流派的缺少而走清人的老路，自动放弃流派的研究？这里又是一个误区。学术研究实践中流派的缺乏只能导致经验总结的缺位，因为没有这样的实践当然无法去归纳与描述。然而，正因为研究实践中缺乏流派的意识与现实，学术史研究才更应该去指出这种致命的缺陷。因为思想创造的动力来自于流派的竞争，学术研究的活力也来自于流派的论争，因此缺乏流派的学术研究是没有活力、没有个性的研究。作为学术史的研究，理应去发掘学术史上珍贵的流派史实，探讨流派缺失的原因，并强调形成新的学术流派之于学术研究的重要。就此而言，学术史研究不仅仅是学术实践经验的反映与总结，也应该肩负起纠正学术研究弊端的重要职责。

（三）人文精神的缺失。自现代学科建立以来，追求科学化与客观化一直成为学界的目标，这既与科学主义的影响有关，也与建国后政治时常干预学术的政治环境有关,更与研究手段的日益技术化有关。学术研究的这种科学化倾向也深深影响了学术史的研究,使得学术史研究不仅未能纠正此一缺陷,反而变本加厉地强化了这种倾向。其实,以人文学科的研究属性去追求科学性与客观性,本身就陷入一种尴尬的悖论。反思一下中国的历史,哪一种重要的思想流派不具备经国济世的人文关怀?拿最为后人所诟病的强调思辨性的程朱理学与偏于名物训诂考证的乾嘉汉学,其实也并不缺乏社会的使命感。理学固然重视修身,但《大学》的八条目依然从格物致知通向治国平天下的终极目标;乾嘉学派固然重视名物的考证,但其大前提依然是"反经"以崇尚实学的济世胸怀。从现代史学理论看,科学性与客观性受到日益巨大的挑战,正如美国史学理论家海登·怀特所言:"近来的'回归叙事'表明,史学家们承认需要一种更多地是'文学性'而非'科学性'的写作来对历史现象进行具体的历史学处理。"[1]无论从历史的事实还是学科的属性,人文学科的研究都应该拥有区别于自然科学与社会科学的特征。但是令人遗憾的是,面对20世纪以来日益严重的科学化与技术化倾向,学术史的研究并未能尽到自己的责任。尤其是在文学研究领域,本来是最具有情感内涵和人文精神的学科,如今却随着计算机技术的运用变成了靠数理统计与堆砌材料以显示其客观独立的冷学科。我曾经在《中国古代文学研究转型期的技术化倾向及其缺失》一文中说:"如果中国古代文学的研究既缺乏理性思辨的智慧之光,又没有打动人的人文精神,更没有流畅生动的阅读效果,而只是造就了一大批头脑僵硬的教授与

---

[1] 〔美〕海登·怀特著,陈新译:《元史学:十九世纪欧洲的历史想象》,译林出版社,2004年版,第5页。

目光呆滞的博士,这样的古代文学研究不要也罢。"①不过,要真正纠正这种人文精神的缺失,尚须整个学界的努力,尤其是学术史研究的努力。

以上三点只是作为例子来说明学术史研究中寻找缺陷的重要,至于更多更具体的研究缺陷,需要投入更多的精力。而重要的是学术史研究者需要具备挑剔的眼光与批评的勇气,将学术史研究视为推动学科发展的动力而不是表彰优秀分子的光荣榜。

其三是提出新的学术增长点。从近二十年所呈现的学术史研究成果来看,其主体部分大都是对已有成果的介绍与评价,一般也都会在最后有一部分文字表达对未来的瞻望,但对于现存问题的检讨就要明显薄弱一些。正是由于对现存问题的分析认识不够具体深入,因而对未来的瞻望也大多流于浮泛,更不要说提出新的学术增长点了。其实,未来瞻望与提出新的学术增长点并不是同一层面的内容。未来瞻望具有全局性与宏观性,表达了学术史研究者的一种愿望或理想;提出学术新增长点则是对下一步研究的观念、方法与路径的认真思考,因而必须与当前的研究紧密衔接。

就《文心雕龙》的研究看,目前已出版三部学术史著作,可以将其作为典型个案以讨论提出学术增长点的问题。张文勋《文心雕龙研究史》的导论部分设专节"《文心雕龙》的未来走向",提出了三点努力的方向:一是面向世界以弥补西方理论之不足,二是面向现代以建设新的文学理论并指导创作,三是面向群众普及以扩大影响②。这是典型的理想表达,基本都是在"实用"的层面,与专业研究存有

---

① 《文学遗产》2008年第1期。
② 张文勋:《文心雕龙研究史》,云南大学出版社,2001年版,第6—10页。

较大距离,也就未涉及学术增长点问题。张少康等人撰写的《文心雕龙研究史》在其结语"《文心雕龙》研究的未来展望"中,设有六个小节:1.发展史料与理论并重的研究;2.从文化史角度看《文心雕龙》;3.从中西比较的角度来研究《文心雕龙》;4.从理论联系实际的角度,用历史的比较的方法研究《文心雕龙》;5.让"龙学"研究走向世界;6.培养青年"龙学"家,扩大和加强《文心雕龙》的研究队伍[①]。在这六个小节中,前三个方面是对已有研究特点的总结与强调,后两个方面是一种希望的表达,真正属于新的学术增长点的乃是第四小节,作者要求《文心雕龙》范畴研究要与实际创作乃至其他艺术领域结合起来,不能就理论而研究理论。李平《文心雕龙研究史论》在其绪论部分的第四节"'龙学'研究存在的问题与发展前景",尽管所用文字不多,但在行文方式上却颇有特色,即作者已将学术增长点的提出与未来瞻望分两段文字写出。在学术研究方面提出三点建议:一是继续研究思想、理论上有争议的问题,二是做好总结性的工作,三是应加强对港台及海外《文心雕龙》研究成果的介绍和翻译工作。而在瞻望部分则提出:一要培养后续力量,二要更新理论方法,三要创造良好学风,四要加强国际合作交流。李平的好处是思路清晰,大致将学术建议与理想表达区分开来。其不足在于提出的建议较为浮泛,反不如张少康的意见更有针对性。之所以会出现思路清晰而建议浮泛的矛盾,乃是由于作者尚未发现研究中存在的深层问题,比如他认为《文心雕龙》研究现存问题是:1.成果数量减少;2.成果质量

[①] 张少康等:《文心雕龙研究史》,北京大学出版社,2001年版,第587—596页。

下降;3. 研究队伍后继乏人①。这些问题当然是真实存在的,但是却均属现象描述,并未深入至学术研究的学理层面,当然难以提出具体的解决办法了。

从以上这些学术史著作写作经验的总结中,可归纳出以下关于提出新的学术增长点的一些原则:第一,学术增长点的提出范围应该是专业的学术问题,而且必须有很强的现实针对性。所谓针对性,乃是建立在对前人学术研究中所存留问题的清醒认识之上的。没有对前人研究缺陷的发现与反思,就不可能提出有价值的学术增长点。第二,提出新的学术增长点必须对于当前的学术发展大势具有清醒的判断与认识,任何学术的进展与转型都不是孤立进行的。就拿《文心雕龙》研究来说,它理应与中国古代文论研究甚至中国古代文学研究的发展紧密关联。20 世纪的中国古代文论研究,必须首先借鉴西方的理论方法才能建立起自己的体系,而西方理论方法也会留下与中国古代研究对象不能完全融合的弊端。因此,近二十年来的学术转型就是要回归中国文论本体,寻找到适合中国古代研究对象的理论方法。在《文心雕龙》研究中,几十年来一直运用西方的纯文学观念去解读归纳刘勰的文章观。如此研究,可能会导致越精细而距离刘勰越远的尴尬局面。从专业研究的层面讲,所谓国际化、世界化的提法都是与此学术转型背道而驰的。《文心雕龙》首先要解决的乃是学术理念与研究方法的问题,此一点不解决,《文心雕龙》研究不可能走出误区。第三,新的学术增长点的提出必须具有实际可操作性。对于那些无法实现或者过于高远的希望,最好不要在学术增长点里提出来,因为这无助于问题的解决和研究水平的提升。比

---

① 李平:《文心雕龙研究史论》,黄山书社,2009 年版,第 19—21 页。

如要解决《文心雕龙》研究中以现代文学理论观念比附刘勰文章观的问题,仅仅倡导回归中国本体是远远不够的。我们更要提出回归的具体方法与路径。我曾经在《文体意识、创作经验与〈文心雕龙〉研究》一文中提出,对于像"神思"这一类谈创作构思的理论范畴,最好能够结合中国古代相关的文体和刘勰本人的创作经验进行讨论,方可能揭示其真实的内涵。我认为这是研究《文心雕龙》的基本路径,因为刘勰的理论观点是以其自我的创作经验和熟悉的文章体裁作为思考对象的,离开这些而妄加比附就会流于不着边际。如果用以上这些原则来衡量目前的学术史研究,可能大多数成果还不够尽如人意。

总结经验、寻找缺陷与提出新的学术增长点,这是学术史研究互为关联的三个基本层面。尽管由于学术史写作的目的、规模与专业的不同,或许会在三者的比例大小上多有出入,但如果缺乏任何一个层面,我认为就不能称得上是严肃的学术史研究,或者说就会成为对于推动学术研究发展起不到应有作用的学术史研究。

四、学术史研究者的基本条件:学术素养与研究经验

目前学界关于学术史的研究存在着两种流行的误解。一是认为学术史研究的价值低于专业问题的研究,二是认为学术史研究相对比较容易。而且二者互为因果,造成了许多学术的混乱。比如博士论文的选题,近年来许多人都选择了研究史、接受史及影响史方面的题目,其中原因固然复杂,但重要原因之一乃是认为学术史研究较之本体研究相对容易一些。就目前所呈现的成果而言,学术史类的博士学位论文的确显得较为浅显易做,很多人也以此取得了学位。但我认为博士学位论文的选题依然不宜选研究史方面的题目,原因便是其选题动机是建立在以上两点误解之上的。讨论学术史研究与专题研究价值的高低本身就是一个伪命题,因为不同性质的研究所体现的价值是完全无法放在同一层面比较高下的。专题研究从解决某领域的学术问题上是学术史研究无法相比的,而学术史研究对于学科的自觉、观念方法的总结与初学者的入门等方面,又是专题研究所无法做到的。从这一角度说,两类选题的难易程度也难以一概而论,专题研究需要的是研究深度,而学术史研究需要的是综合系统。因此,我一直认为博士论文选题不宜选择学术史方面的题目,原因就是博士生最重要的目标乃是对专业研究能力的培养,这种培养当然也离不开学术史的清理工作,但其主要精力要放在文献解读、问题发现、论题设计与系统论证上。而且博士生属于刚入学术门径阶段,他们无论专业修养还是学术眼界,都还缺乏驾驭全局的能力,使其无法写出真正合格的学术史论著。我想借此说明的是,学术史研究并不是什么人和什么学术阶段都可以随便涉足的,它需要具备应有的基本条件。这个条件包括学术素养与研究经验两个方面。

　　先说学术素养。所谓的学术素养简单地说就是学养,也就是长期的学术积累所形成的专业知识、认识能力、学术视野以及学术判断力等等。因为在从事学术史研究时,研究者必须要面对两类强劲的对手,一类是学术研究的对象,一类是学术实力雄厚的学界前辈或同仁。学术史研究者必须要具备与之接近的学养,才有资格与之进行学术对话并加以评说。所谓学术研究的对象,就是指历史上那些杰出的思想家、历史学家、文学家、批评家等等,他们无论在思想的深邃性、知识的丰富性乃至感觉的敏锐性上大都是一流的人物。如果学术研究者要判断其他学者对这些人物的研究评说是否合适到位,首先自身必须对这些历史人物有基本的理解与认识,否则便只能人云亦云。比如说《文心雕龙》一书,历来被称为体大思精的中国古代文论名著,研究这部著作的论文已有四千余篇,论著数百部,其中存在许多有争论的问题。如果要做《文心雕龙》的学术史研究,需要什么样的学养呢?这就要看作者刘勰拥有何种学养才能写出《文心雕龙》,我们又需要何种学养才能阅读和认识《文心雕龙》。罗宗强曾写过一篇《从〈文心雕龙〉看刘勰的知识积累》的文章,专门探讨刘勰读过什么书,构成了什么样的学养。文章认为,刘勰几乎读遍了他之前和同时的所有经、史、子、集的著作,并能够融汇贯通,从而形成了自己丰富的思想体系与敏锐的审美感受力,所以能够对前人的著作理解准确、评价精当。其中举了关于刘勰"折中"思想的例子,学界对此曾展开过学术争议,先后发表了周勋初的《刘勰的主要研究方法——"折中"说述评》[1]、张少康的《擘肌分理,惟务折中——论刘勰〈文心雕龙〉的研究方法》[2]、陶礼天《试论〈文心雕龙〉"折中"精神的主要体现》[3]、高华平《也谈"惟务折中"——刘勰〈文心雕龙〉的研究方法新论》[4]等论文,或言崇儒,或言重道,或言近佛,各执己见,难以归一。罗宗强在详细考察了刘勰的知识涉猎与思想构成后说:"我以为周先生的分析抓住了刘勰思想的核心。我是同意的。同时,我也注意到其他学者的分析在结论之外,实际上接触到思想发展过程中的复杂现象。诸种思想在刘勰知识积累的过程中不知不觉地交融形成了他自己的见解。正因为此一种交融,才为学术界对《文心》的

---

[1] 《古代文学理论研究》第十一辑,上海古籍出版社,1986年版。
[2] 《学术月刊》1986年第2期。
[3] 《镇江师专学报》2000年第1期。
[4] 《齐鲁学刊》2003年第1期。

许多理论观点做出不同的解读提供了可能。"①我想,如果没有深厚的文史修养,是无法对学界的不同观点做出这种圆融的评判的。中国历史上有不少这样的大家,像"读书破万卷,下笔如有神"的杜甫,儒释道兼通的苏轼,以及百科全书式的《红楼梦》等等,都不是可以轻易对其拥有发言权的。既然对研究对象没有发言权,那又有何权力对研究他们的学者说三道四呢!

　　学术史研究者除了要面对历史上的各种大家之外,他还必须同时要面对学界许多实力雄厚的一流学者。以一人之力要去理解、论述和评价众多学有专长的研究大家,其难度可想而知。在此一层面,不仅学术史研究者需要具备雄厚的专业基础,更需要具备现代的各种理论素养以及对于不同学派、不同领域以及不同研究方法的相关知识。要读懂一本著作,不仅需要弄懂其学术结论的创新程度与学术贡献,更需要了解其所运用的学术方法以及背后所支撑研究的学术理念。这就是学界常说的,阅读学术著作和论文,要具有看到纸的"背面"的能力。凡是真正做过研究的人都清楚,要真正了解掌握一种研究理论都不是一件容易的事情,更何况要去理解把握各种理论方法与学术流派?比如说,在现代学术史上对于胡适学术研究的评价争议甚大,除了其中的政治因素外,对其"大胆假设,小心求证"的学术思想的理解也有直接关系。胡适处于中西文化交流的时代大潮中,其学术观念与研究方法也试图将中国的乾嘉之学与西方的实证主义结合起来,并用之于研究实践中。陈维昭《红学通史》就专列一节谈"新红学"的知识谱系,认为胡适学术思想的核心是"以'科学精神'演述乾嘉学术方法,以'自然主义''自叙传'去演述传统的史学

---

① 罗宗强:《晚学集》,南开大学出版社,2009年版,第18页。

实录观念"。正是由于有了这样的认识,所以才会有如下评价:"胡适所演述的传统学术理念有二:一是实证,二是实录。实证以乾嘉学术为代表;实录则是传统史学的基本信念与学术信仰。实证的'重证据'的科学精神有其现代性。但是'实录'显然是一种违背现代史学精神的陈旧观念。"[1]这样的评价不能说可以被所有人所接受,但起码它是一种学理性的分析,是真正的学术史研究,比前人仅从意识形态角度的否定更令人信服。而要进行如此的评价,则不仅需要研究者具有古代小说专业研究的素养,而且还要具备中国古代史学史的修养以及把握当代史学理论的进展,同时还需要了解中国现代学术建立的具体过程。我们必须明白,凡是在学术上取得突出成就与影响巨大的学者,肯定有其独特的学术理念与研究方法,如果对其缺乏认知,则对他们的研究评论无异于隔靴搔痒。

学养是任何一个专业研究领域都需要具备的,但作为学术史研究的学者,需要更为宽广的知识背景与学术视野,因为他会面对更多的一流研究对象与一流学者,如果不能具备相应的学养,就缺乏与之进行交流的资格,更不要说去评价他们。可以毫不客气地说,没有一流的学养,就不会是一流的学术史研究者。也正是在此一角度,我认为刚进入学术门径的年轻学者不宜单独进行学术史的研究。

再说研究经验。所谓的研究经验,是指凡是要从事某个学术领域学术史研究的学者,应该对该领域具有较为丰富的专业研究体验及成果,尤其是对本领域的学术理念与学术进展有较为深切的把握与体会。研究经验与学术素养既有联系又有区别,学术素养是学术史研究的基础,主要体现为对于研究对象的理解能力与概括能力。

---

[1] 陈维昭:《红学通史》,上海人民出版社,2005年版,第144—146页。

研究经验则是对某研究领域的熟悉程度与参与过程,主要体现为对于本领域学术重点与研究难度的深刻认识,尤其是对于其学理性与前沿问题的把握。之所以要求学术史研究者拥有一定的研究经验,是由下面两个主要原因所决定的。

第一,只有拥有研究经验,才能将该领域中有创造性的成果与观点选择出来并作出恰当评价。比如唐代文学的研究,已经具有悠久的历史与大量的研究成果,而且依然会有大量的成果不断涌现。目前学术界最大的问题,也是学术史研究的最大难度,乃是对于重复平庸研究成果的淘汰,以及对于有创造性成果的推荐。这些工作都不是仅靠一般的材料是否可靠与文字论证水平的高低可以轻易识别的,而必须对该领域具有长期的沉潜研究的经验,才能沙里淘金般地识别出那些有贡献的优秀成果。这就是黄宗羲所说的明宗旨的环节,有无宗旨可以靠学养去提炼概括,而宗旨之有无独创性则要靠所拥有的学术前沿领域的研究经验来加以辨认。关于此一点,可以从目前学界名人写序这种现象中得到说明。现在的学术著作序言近于学术评价,可以视为是该书最早的学术史研究成果。但遗憾的是,真正评价恰当者却寥寥无几,溢美之词倒是比比皆是。更严重的是,在以后的学术史研究中,许多缺乏研究经验者又会以这些"学术大佬"的评价为依据,去为这些著作进行学术定位,从而造成积重难返的学术虚假评价。为什么会造成此种"谀序"的现象?其中除了人情因素之外,我认为作序者缺乏该领域的研究经验乃是主因。当年李贽曾讽刺其论争对手耿定向是"学问随着官位长",现在则是学问随着职称长或者叫学问随着年龄长,以为成了博导和大佬就什么都懂,于是就到处写序。殊不知术业有专攻,每个人都有属于自己的专业领域,离开自己熟悉的专业领域而去评价其他学术著作,自然不能真正认识该书的学术创获。但"学术大佬"毕竟是有学养的,可以驾轻就熟地说一些虽不准确但又不大离谱的门面话,于是似是而非的序言也便就此诞生。缺乏研究经验的学术史研究就像名人作序一样,看似头头是道,实则言不及义。

第二,只有拥有研究经验,才能真正了解该领域的学术难点,并提出新的学术研究方向。按照上节所言的学术史研究的总结经验、寻找缺陷与提出新的学术增长点的三个层面,缺乏研究经验的学者在总结经验层面或许可以勉为其难地进行操作,但一旦进入第二、三层面,就会陷入茫然无知的境地。比如关于明代诗歌史的研究,明清两代学者始终处于如何复古的讨论之中,而进入现代学术史之后,依然在沿袭明清诗评家的传统思路,围绕复古与反复古的论题展开论述。岂不知明诗研究的最大问题是,几乎所有人都在按照一个凝固的标准也就是唐代诗歌的标准来衡量明诗创作,而忽视了自晚唐以来产生的性灵诗学的实践与理论,明清诗论家视性灵诗为野狐禅,而现代研究人员也深受《四库全书提要》以来传统观念的影响,只把性灵诗学观念作为反复古的一端加以肯定,而对其建设性的一面却多有忽视。其实,从中国诗歌发展的全过程来看,从中国古代诗歌与现代诗歌的关联性看,性灵诗学都是具有不可忽视的正面价值,是以后应该大力加强研究的学术空间。我想,只有真正从事过明代诗歌研究的人,才会具有这样的体验,才会提出这样的问题,才能开辟出新的学术研究空间。其实,岂但明诗研究如此,看一看目前的几部诗歌研究史,几乎都将叙述的重点集中在汉魏唐宋,而到了元明清的诗歌研究多是略而论之,草草了事。我们不能说这些学术史的作者缺乏学养,而是缺乏元明清诗歌史的研究经验。因为从来没有真正进入过这些领域从事专业的研究,所以无论是在对该时期诗歌史的价值判断,还是研究难度,都不甚了了,当然会作出大而化之的处理。因此,在我看来,要成为合格的学术史研究者,既要有足够的学养,又要有足够的研究经验,而且经验比学养更重要。

在目前的学术史研究中,情况相当复杂。从作者身份看,既有著名学者领衔的大型学术史写作,也有专题研究者在科研项目、学位论文研究中的学术史梳理,更有一些初学者无知者无畏的试笔之作;从成果形式看,既有多卷本的大型丛书,也有各领域的专门学术史论著,更有形形色色的综述、述略及史论的论文。这些研究除了低水平的重复之作外,应该说对于各领域的学术研究都有一定程度的贡献。但是,在我看来,我们真正需要的学术史是:研究者需要具有明确的学术原则与研究目的,他所提供的研究成果应对各领域的学术研究的学术观点、研究方法、学术贡献及发展过程作出了清晰的描述,对学术研究中存在的方向偏差、理论缺陷、不良学风及学术盲点进行了清楚的揭示,对将来的学术研究中可能解决的问题、采用的方法及拓展的新空间进行明确的预测,从而可以将当前的研究提升至一个新的层面。而要实现这样一种目标,学术史的研究者就必须拥有足够的学术素养与研究经验。

五、中国诗歌研究史:学术史写作的新实验

"中国诗歌研究史"是我们承担的教育部重点人文社会科学研究基地的重点项目,从2005年立项至今已有将近九年的时间。在此过程中,学界已经出版了余恕诚的《中国诗学研究》(2006)和黄霖主编、羊列荣撰写的《20世纪中国古代文学研究史(诗歌卷)》(2006),如今再推出这样一套诗歌研究史的著作,其意义何在?难道是因为它有220万字的巨大规模,从而对学术史的梳理更加细致而具体吗?

一部学术著作的价值与贡献,理应由读者和学界去评判,而不是由作者饶舌。但是,在此有两点还是有必要事先作出交代。

首先是本项目不是一个孤立的课题,而是互为补充的三个重点项目中的一个。它们是"中国诗歌通史"(国家社科基金重点项目)、"中国诗歌研究史"和"中国诗歌研究资料汇编"(教育部重点人文社会科学研究基地重点项目)。"中国诗歌通史"已由人民文学出版社于2012年出版,用11卷的篇幅描述了中国诗歌从先秦两汉至当代的发展过程,其中包括了少数民族的诗歌创作。"中国诗歌研究资料汇编"是选编20世纪的优秀诗歌研究成果以及全部学术成果的目录索引。"中国诗歌研究史"则是对于20世纪中国诗歌研究经验的总结,尤其是学理性的探讨。按照黄宗羲学术史的撰写原则与模式,"中国诗歌研究史"的重点在于"明宗旨"与"别源流",即对20世纪中国诗歌研究的主要发展线索与重要研究成果进行比较详细的梳理与介绍,当时所设定的目标是:"第一,结合时代变化和社会思想变化,以中国诗歌研究范式的演变为经,侧重于对学术理念、理论内涵与研究方法的发掘,整理出一条清晰的中国诗歌史的研究过程;第二,采取广义的诗歌概念,写出一部包括词曲等各种诗体在内的系统完整的中国诗歌研究史;第三,打通古今与中西,以最新的学术视野,站在21世纪的学术高度,从学理性上总结中国诗歌研究从古代走向现代、从单一封闭走向中西融合的历史进程。"至于是否实现了当初的设想,可由读者进行检验。三个项目中的"中国诗歌研究资料汇编"则相当于黄宗羲的论著言论摘编,其目的是保存20世纪中国诗歌研究的优秀成果与论著出版发表信息,同时读者也可以借此来检验诗歌研究史的提炼与评价是否准确。三个重点项目的完成既是首都师范大学中国诗歌研究中心一个阶段工作的小结,也是我们个人学术研究的阶段性交代。

　　其次是本书作者队伍的特殊情况与独特的编撰模式。正如上面所说,本项目是与另外两个项目互为支撑的,其中重要的一点就是它们是同一个作者群体。尽管在研究过程中也曾有个别的调整与变动,但其主体部分始终保持了完整与稳定。在此我要特别强调的是,这个作者群体是完全符合上述所言学养与经验这两项学术史研究者的必备资质的。从学养上看,几乎所有的撰写者与主持人都是目前活跃在学术研究前沿的成熟学者,其中许多人是各领域的国内一流学者,具有各自鲜明的学术思想、研究方法与学术背景,并都拥有丰富的研究成果。我想,这样的学养保证了他们的学术眼光与判断力,有资格对其研究对象的成果进行学术分析与评价。从研究经验上看,这个作者群体与《中国诗歌通史》几乎是完全一致的。他们的学术史研究乃是和相应历史段落的诗歌史研究交替进行的。从2004年"中国诗歌通史"立项到2012年最终完成,曾经召开过9次编写组的学术研讨会,每次都会对研究中存在的问题展开充分的讨论,同时也会对诗歌研究史的各种疑难问题进行讨论。应该说各卷负责人都具有丰富的研究经验,都始终处于各自研究领域的学术前沿,都对各自领域中的学术进展、难点所在及创新之处了然于胸。在诗歌通史的写作中,有过许多新的想法,也遇到过种种困难,更留下过些许遗憾,而所有这些都可以留待学术史的研究中去重新体味与总结。我想,此一群体所撰写的学术史,虽不敢说是人人认可的,但都应该是他们的真切体验与学术心得,会最大限度地避免空虚浮泛与隔靴搔痒。如果说在学术史研究中经验比学养更重要的话,广大读者不妨认真听一听这些学者的经验与体会,或许不至于空手而归。

　　在这将近十年的学术生涯中,尽管夜以继日地学习与工作,潜心地进行思考与研究,但数十人的劳动成果也就是这样三套著作,不免陡生白驹过隙的焦虑与感叹。作为个人,用了十年的时间思索,对于学术史研究才有了上述的点点体会,而且还很难说都有价值,真是令人有光阴虚度的感觉。

左东岭

2014 年 8 月 12 日完稿于北京寓所

目　录

中国诗歌研究史
唐代卷

20世纪唐代诗歌研究综论 …………………………………（1）
第一章　20世纪上半叶唐代诗歌研究 ……………………（31）
　　第一节　文献整理工作开始起步 ………………………（31）
　　第二节　诗人生平事迹考证初显实绩 …………………（35）
　　第三节　重要诗人评价及诗史描述 ……………………（38）
　　第四节　词学研究出现了第一次高潮 …………………（45）
　　第五节　方法上的继承与创新 …………………………（50）
第二章　20世纪50年代到70年代的唐代诗歌研究 ……（55）
　　第一节　文献整理工作全面展开 ………………………（55）
　　第二节　诗人生平事迹考证有了新进展 ………………（60）
　　第三节　词学研究呈现冷热不均的局面 ………………（63）
　　第四节　单一评价体系的形成 …………………………（66）
　　第五节　批评体系单一化的渊源和终结 ………………（75）
第三章　20世纪后二十年唐诗研究大发展 ………………（89）
　　第一节　文献整理有了大幅度进展 ……………………（89）
　　第二节　诗人生平考证更加细致 ………………………（97）

第三节　名家研究取得了可喜成就 …………（105）
第四节　词学研究有了新开拓 ………………（114）
第五节　诗史描述更加丰富清晰 ……………（118）
第六节　唐诗研究领域的新开拓 ……………（125）
第七节　新方法的广泛运用 …………………（131）

20世纪唐代诗歌研究综论

20世纪是唐诗研究从传统走向现代的重要历史时期,唐诗研究格局发生了重大转变。回顾20世纪唐诗研究历程,总结20世纪唐诗研究得失,指出未来唐诗研究方向,对于唐诗研究健康开展有着重要意义。

在20、21世纪之交几年当中,学界对20世纪文学研究做了很多总结,出版了一批相关学术著作,其中就包含了对20世纪唐诗研究历史的回顾和总结。如赵敏俐、杨树增《20世纪中国古典文学研究史》(陕西人民教育出版社,1997年版)、张燕瑾、吕薇芬《20世纪中国文学研究》(北京出版社,2001年版)、陈友冰《新时期中国古代文学研究述论》(商务印书馆,2008年版)等。这些著作中都有唐代文学研究部分,总结20世纪唐诗研究成就是其中重要内容。专门回顾唐代文学研究的著作有陈友冰《海峡两岸唐代文学研究史1949—2000》(中央研究院中国文哲研究所,2001年版)等;专门总结诗歌研究著作则有张忠纲、吴怀东、赵睿才、綦维的《中国新时期唐诗研究述评》(安徽大学出版社,2000年版)等。专门论述20世纪唐代诗歌研究文章也有很多,如胡明《关于唐诗——兼谈近百年来的唐诗研究》(《文学评论》1999年第2期)就是其中之一。

除了上述这样世纪性总结以外,唐代文学研究年度总结工作做得相当充分。这很大程度上归功于中国唐代文学学会的有效运作。

中国唐代文学学会成立于1982年,编有《唐代文学研究年鉴》,对每一年唐代文学研究都有详细总结。在此基础上,2004年由傅璇琮、罗联添主编的《唐代文学研究论著集成》(三秦出版社,2004年版)出版。书中精选了1949—2000年两岸四地唐代文学研究代表性论著,以简介(著作)和摘要(论文)形式汇编成册,共8卷10册。书中分时段介绍唐代文学研究情况,每个时段前都有一篇综述文章。如余恕诚与叶帮义《1949—1980年大陆唐代文学研究(著作部分)综论》、阎琦《八十年代唐代文学研究述论》、张明非《九十年代唐代文学研究的实绩及特点》、黄文吉《台湾五十年来唐代文学通论综述》、杨文雄《五十年来台湾唐诗研究述略及其研究路向探讨》、邓国光《港澳地区当代唐代文学研究史叙》等。

上述这些成果为笔者写作20世纪唐代诗歌研究史提供了很好的借鉴。为了避免重复,本编重在"内史"描述,即主要关注20世纪唐诗研究观念和方法的更新,兼顾学人们在各自研究领域的拓展和研究深度的开掘。而对于20世纪唐诗研究的名家名作的介绍可能是很不全面和具体的。在具体回顾中,难以涉及所有学人的研究成果,对众多学人所做贡献也难以做到全面介绍和恰切评价,即使提及也常常是举例而已。这是笔者首先应该表示歉意的。

在具体总结过程中,分以下几个层面展开:载体(文献整理)、主体(诗人生平事迹)、呈现(作品内容、形式、风格)、背景(对诗歌现象的背景阐释)、方法(各种方法的使用)。

在评价前人研究成就上依照以下标准进行:一、是否提高了唐诗活动描述的清晰度,如文献清理是否完整而准确,诗人生活、创作轨迹描述是否完整而清晰,诗歌特点概括得是否准确而到位;二、对唐诗现代价值发掘是否深入而精彩,如诗歌思想价值阐发对现代人精神生活是否有启迪,诗歌审美价值总结是否对现代人审美能力提高有所裨益;三、对前人工作有所开拓,如是否提出或解决了诗歌史上重要问题,是否开启了诗歌研究新领域,是否指出了诗歌研究新方向,是否具有很强的学术性以示范后人。

20世纪唐诗研究成就巨大,许多成果足可垂范将来,许多结论都是不刊之论,为21世纪唐诗研究健康发展奠定了坚实基础。后面几章主要回顾这些成就。

但20世纪唐诗研究也存在诸多问题,这些问题如果没有得到充分反思,将会直接影响21世纪唐诗研究的健康发展。问题大体有以下五个方面:

一、关于建立自己诗学传统

20世纪唐诗研究最大特点是从传统走向现代,这是一千多年来唐诗研究的重大转变。这一转变是可喜的,因为唐诗研究出现了种种新局面;这一转变是可忧的,因为照搬西方科学传统有余而建立自己科学传统不足。

所谓科学,是科学家集团出于自身一套信念而进行的专业活动,他们使用共同符号,遵循共同逻辑,认定共同价值,确立共同标准。世界上不存在放之四海而皆准,验之万物而皆灵的科学。所有科学都有自己的研究对象,都有自己的操作规范,都有相信共同理念的科学家集团。唐诗研究无疑需要研究者相互认证。什么问题有价值,研究到什么程度才算好,什么样文章算好文章,学者是有共识的。所谓研究是否地道,是否入流,其实就是看能否得到这个集团的认可。我们常说日本人唐诗研究很细,但对他们过于关注细碎问题不以为然;我们说欧美人有些研究角度很特别,但对他们能否真正把握唐诗精髓表示怀疑。这说明不同唐诗研究团体在研究上是有共识的。即不同研究群体有着自己的科学认证体系。认证体系左右着学术研究方向,规范着学人研究路径。唐诗研究认证体系,直接关系到唐诗研究的健康发展。

可是通观20世纪唐诗研究历程,中国学人们在建立自己认证体系上却出了很大问题。因为许多从业人员从来没有从科学特性上来反思过自己的学科,不知道科学还有这样一些特点,把凡是西方人说的都一概当作科学,都欣然予以接受,在科学面前没有选择权力,没有判断能力。

这种局面是20世纪中国人所处时代造成的。自从1840年以来,包括坚船利炮在内的西方文化彻底打败了中国文化,国人不仅肉体上经受杀戮和剥削,而且精神上经受压迫和侮辱。国人被彻底击败了,丧失了民族自信心,甚至对民族智慧都产生了怀疑。这种伤害既深且远,使国人习惯性地在各个领域放弃科学认证权力。2003年中国人患非典,外国人出标准、冠名称,大家欣然接受,上至中央领导,下至专家学者,人人口言"SARS",无人觉得不妥。2009年中国高速铁路技术达到世界第一,在技术输出时还声称有"价格优势"!所从事的研究本可以自己来下断语,但总是习惯说自己的研究如何符合某个欧美权威人士的理论。国外汉学家一度被奉若神明。其实这大可不必。裘锡圭先生的甲骨文研究还需要到哪个外国专家那里去认证吗?中国人的京剧表演还需要得到某个西方戏剧家认可吗?

20世纪几代学人都没有想着如何建构中国诗歌研究传统,把照搬西方认证体系当作走近科学。应该说这些做法确实开启了唐诗研究很多新领域、新视角,取得了一些成果,但其负面结果是直接造成了对唐诗艺术的割裂和歪曲。例如以人民性为内容标准,以现实主义和浪漫主义为艺术标准来给唐诗史贴标签,就给人们认识唐诗平添了许多魔障。时下受过中等以上教育的人都知道"杜甫是伟大的现实主义诗人",可"现实主义"这一概念却怎么也与古人心目中的杜甫联系不起来。杜甫是诗圣,杜诗被称为诗史,杜甫追求老成的创作境界,杜甫是诗歌史上的集大成者,杜诗表现出沉郁顿挫的风格,所有这些有关杜甫的核心概念都与现实主义不搭界。"现实主义"这一概念好像是丰富对杜甫的认识,但如果这种丰富与一千多年来中国人对杜甫的认识无论如何也联系不起来,那么这种丰富的合理性就值得怀疑了。

  在这种丧失民族智慧自信心的情况下,中国固有诗学传统被有意无意搁置起来,没有得到很好地继承和发展。中国诗学非常重视审美经验总结,留下了大量传授写作经验的诗格著作。在众多诗话中也经常看到人们对诗歌创作经验的总结,有时还在诗中阐述自己的创作经验。这些诗格诗论始终与诗歌创作保持着密切的关系,形成了完整的诗学系统。但是20世纪以来,学人引入了西方诗学观念和方法,中国古代诗学传统逐渐被人忽视或遗忘。而西方诗学观念和方法以西方文学创作为本体,把西方诗学观念和方法移植到中国诗歌本体上,难免雾里看花,隔靴搔痒。就好像用西医来解释中医一样,只能解释部分,不能理解整体;只能解释现象,不能揭示本质。更何况学人们拿来的不只是诗学观念和方法,还有其他学科的观念和方法。结果很可能不是西医理解中医,而是兽医给人看病。学人们确实发现了传统诗学没有发现的东西,然而这种研究越充分,离中国诗学传统就越远。研究唐诗艺术论著越来越多,传达唐诗写作经验著作越来越少;唐诗研究好像越来越科学,其实离唐诗越来越远。学人们忘记了一个大的前提,自己的研究不在于继承和构建属于中国诗学传统，而是努力把唐诗研究纳入西方的科学传统。

唐诗自从它产生时候起，就伴随着人们的批评，逐渐形成了独特传统。我们应该充分继承这一传统，使这一传统发扬光大。保持对科学认证权力，开创属于自己的研究传统，不仅是国人生活的需要，也是世界文化的需要。中国人口占世界五分之一，中国特色就是世界特色，中国人的活法就是世界人的活法。如同生物必须保持多样性一样，人类文化也是多元共生的。世界不需要简单的仿制品，而是需要盛开的百花园。所有精神产品都按一个标准来生产，整个世界将会变得单调乏味而失去生命力。唐诗是民族文化载体，传达着民族心声，是国人的精神家园。学人有责任建设好这个家园，而不是以"科学"名义肢解这个家园，改造这个家园，甚至毁坏这个家园。这个家园欢迎外国人来做客，但不能因为有人来做客就把自己的家园搞得面目全非。一个没有特色的家园，对外人也不具有吸引力。

建立以唐诗为主要研究对象的诗学研究体系至关重要。总结唐诗审美经验，提高今人语文能力，是今后唐诗研究的一项重要任务。发掘唐人在创作过程中如何写景，如何抒情，如何叙事，如何议论，如何表达自己的情感和意志；如何使学生学会读诗，把诗歌好处读出来，进而能以恰当语言表达这些感受，如何使唐诗警句成为今人生活话语，为今人生活增加艺术品味等等，都需要学人花大力气进行研究。师长泰《唐诗艺术技巧》(山西人民出版社，1991年版)已经开启了这方面工作，很有意义。新世纪以来，尚永亮《唐诗艺术讲演录》(广西师范大学出版社，2008年版)出版，该著立足唐诗艺术表现的不同方面进行全方位的观照。全书21讲共8个论题，分别为"说声律""说立意""说结构""说语言""说比兴""说剪裁""说情景""说言意""说技巧""说时空""说诗画"，以深入浅出的语言将学理与创作相结合,将规律性的探求融于具体文本解析当中。其论题设置精当,且具有典型性,几乎涵盖了唐诗艺术所有最主要的方面。该书在讨论唐诗艺术的全面性、系统性方面具有开创之功,而其赏、论结合的方式,亦使抽象理论与感性体悟得以熔于一炉,对唐诗艺术研究有较好的示范作用。该著作成功关键在于从传统诗学出发谈唐诗艺术,而非把唐诗艺术纳入到某个现代文艺学言说体系当中。

20世纪唐诗研究者放弃科学认证权力又一重要原因,是在没有充分研究中国诗学传统情况下吸纳西方科学传统,没有看到中国诗学传统的思想价值和科学价值。而这又与20世纪学术界普遍接受西学学科划分有直接关系。西学把传统人文学科分成文、史、哲,体现了西学对科学的认识和追求,但这种划分不能充分体现中学对科学的认识和追求。西学贵在求知,中学贵在成人,目标不同、方法不同、标准不同,研究对象也不尽一样。中国古人所说文学与西方人所说文学概念上有很大区别。唐诗研究作为继承和发展中国诗学传统的主阵地,21世纪一项重要任务是揭掉20世纪引入西学而造成的对中国诗学传统的种种遮蔽。

建立中国诗学体系,不仅要充分认识诗歌之于国人生活的意义,还要充分认识中国诗学传统的科学性,在继承中国诗学传统基础上进行创新。唐代诗歌是中国诗歌发展史上高峰时期,大量诗歌精品被后人奉为经典。一千多年来,无数诗人、诗评家对唐代诗人进行研究,对唐诗名作进行品读,留下了许许多多真知灼见,是今天研究唐诗的出发点。可是有很多学人以为掌握了现代批评方法就可以轻易超越古人,可以对古人读书心得视而不见。其情形很可能是:没有像前人那样细读唐诗文本,就以为超越了前人;前人已经说得很清楚的事情,后人还当作自己的新见;前人已经体味得很深刻的地方,后人还没有体味得到。这种研究的科学性、先进性，就很值得怀疑了。

二、关于唐诗精神价值的阐发

阐发唐诗精神价值，供今人吸收和借鉴，提高国人精神品位，激发国人美好情感，提高国人生活质量，是唐诗研究的核心任务。

唐诗记录了一个时代人的喜怒哀乐，其中有离别的凄苦，有爱情的长恨，有边塞立功的豪迈，有林泉优游的惬意，有怀才不遇的诉说，也有民族苦难的叙写。通过唐诗，可以真切地感受到一个民族在辉煌面前的冷静，在灾难面前的从容，真切感受到一个民族昂扬向上、开朗包容的精神，感受到人们对多种人生价值的追求。今人遇到同样情景时，心中就会感到一种莫名契合，感到一种心灵共振。

当我们读到李白诗歌，感受到的不仅仅是诗人飘逸的神采，而是那种自由的精神，独立的人格。"达亦不足贵，穷亦不足悲"，"安能摧眉折腰事权贵，使我不得开心颜"，激励着无数士人在权势和自由，利益与人格的选择中，坚定地选择了后者。他的诗歌时刻提醒着人们，自由最为珍贵，人格最有价值。

当我们读到杜甫的诗歌，感受到的不仅仅是一幅幅真切的历史图画，而是一个圣者的情怀。《自京赴奉先县咏怀五百字》和《北征》给人的感觉，已经超越了艺术欣赏，心里油然而生的是静穆和庄严。杜诗使人们真切地感受到了崇高，这种崇高的精神是激励后人追求理想，追求高尚，心怀天下，战胜困难的永久动力。

当我们读到王维的诗歌，感受到的不仅仅是一幅幅优美的山水画卷，而是一个士人徜徉在山水当中的惬意。"行到水穷处，坐看云起时"，"明月松间照，清泉石上流"，这些诗句时刻提醒着人们，美好生活多种多样，并非只有在社会当中才能寻得。远离社会，亲近自然,摆脱喧嚣与纷争,享受静谧与安宁,求得快乐与和谐,同样是值得追求的生活方式。

唐诗丰富了民族的话语,后世人们在遇到相同或相近的生活情境时,就会真切地感受到唐人在诗中已经有了恰切表达。文天祥在元人狱中集杜诗成句抒发心中悲愤。抗日战争胜利时不论是共产党人还是国民党人,不约而同地引用杜甫《闻官军收河南河北》来表达胜利时的喜悦心情。这些例证清楚地表明,唐诗是民族话语,是活着的语言。

林庚对唐诗价值有过这样的表述:"中国被称为是一个诗的国度,唐诗就是这国度中最绚丽的花果。它的丰富的创造性、新鲜的认知感是祖国古代灿烂文化中永远值得自豪的艺术成就。我们今天读唐诗当然不是打算去模仿唐诗,模仿是永远不会让人感到新鲜的。唐诗之后,模仿唐诗的人不知有多少,那些作品早已被人遗忘,而唐诗却还是那么新鲜。我们读唐诗正是要让自己的精神状态新鲜有力,富于生气,这种精神状态将有助于我们自己认识我们自己周围的世界;而世界的认识却是无限的。唐诗因此正如一切美好的古典艺术创作,它启发着历代一切的人们。"[①]

但在20世纪,由于剧烈的时代变革,人们常常把唐诗价值限制在狭隘功利范围内,直接影响了唐诗精神价值的全面阐发。例如"五四"以来,人们在民主旗帜下,平民文学、民间文学、白话文学得到了空前重视,反封建成了最大价值。在以阶级斗争为纲的年代里,人民性成了唯一的精神价值。改革开放后虽然单一价值评判体系被打破,但新价值评判体系却没有建立起来,学人们有意无意放弃了对唐诗精神价值的评判。造成这一局面有以下四点原因:

---

① 林庚:《我为什么特别喜欢唐诗》,《人民日报》,1981年6月21日。

（一）50年代到70年代畸形精神价值判断使学人对精神价值阐发普遍感到厌倦。那曾是一个特别重视诗歌精神价值的时代，或是以人民性判定诗人高下，或是以儒法区分诗人优劣，精神价值阐发被强调到病态地步，甚至诗中价值评判会影响到学人现实生活。改革开放后，那个荒诞年代宣告结束，但学人们再也没有谈论唐诗精神价值的激情了。其实人民性的判断是阶级斗争年代畸形政治的表现，对待人民态度如何顶多是评价唐代诗人的一个标准，绝不是惟一标准，此外还有许许多多标准。至于儒法斗争更是特定政治环境下的产物，本来就不该成为评价诗人的标准。然而畸形归畸形，荒诞归荒诞，许多学人或是感到厌倦，或是害怕惹祸上身，转而去追寻诗歌史的真实。其实这是因噎废食。文学史家的工作有两个向度：一个是回到过去，一个是指向未来。表面上看是相反的，或是互不相干的，其实是有着密切联系的。只要描述过去，就要有评价，只要有评价，就要有价值体系。

（二）20世纪后二十年兴起的美学热潮吸引众多学人把研究重心转移到审美价值的阐发上，忽略了唐诗精神价值的阐发。在50年代到70年代的唐诗研究当中，由于政治环境的作用，学人怯言唐诗之美。改革开放以后，随着美学热兴起，学人们大力发掘唐诗之美，众多唐诗鉴赏文章应运而生。"美"成为众多唐诗研究论著中使用频率最高的关键词。其实美是诗学建构的价值基础，善也是诗学建构的价值基础，而且是衡量诗歌的基本标准和最高标准。《论语》记载："子谓《韶》，'尽美矣，又尽善也。'谓《武》，'尽美矣，未尽善也。'"[①]在孔子看来，"尽美"还不是艺术最高境界，最高境界应该是

---

① 杨伯峻：《论语译注》，中华书局，1980年版，第33页。

既"尽美"又"尽善","尽善"高于"尽美"。宋人关于杜甫《北征》和韩愈《南山》孰高孰低的争论就清楚地说明了这一点:"孙莘老尝谓老杜《北征》诗胜退之《南山》诗,王平甫以谓《南山》胜《北征》,终不能相服。时山谷少,乃曰:'若论工巧,则《北征》不及《南山》,若书一代之事,以与《国风》《雅》《颂》相为表里,则《北征》不可无,而《南山》虽不作未害也。'二公之论遂定。"[1]总之,离开善的美,离开善的真,都是没有价值或价值不高的。忽视中国诗学当中以善为核心价值这一特性来研究中国诗学,很难真正把握中国诗学的根本精神。因为这样做无法看到古人对文学艺术的重要期待,即对人生价值的探寻,对家国危难的关切,对民生多艰的悲悯,对宇宙天地的责任。如果看不到这些,那就是没有看到中国诗学的好处,也就没有看到中国诗学的本质。唐诗研究也是如此,在继续挖掘唐诗审美价值的同时,注意唐诗精神价值的阐发,是未来唐诗研究的一个重要任务。

(三)经济大潮的冲击使学人普遍感到阐发唐诗精神价值本身没有价值。在整个社会以经济为中心的情况下,诗歌在人们生活中的地位被急剧边缘化。"吟诗作赋北窗里,万言不值一杯水。世人闻此皆掉头,有如东风射马耳"(李白《答王十二寒夜独酌有怀》)。学人们觉得在这个时代侈谈什么唐诗精神价值,不仅空洞乏力,而且幼稚可笑。其实经济生活只是社会生活的一部分,不可能是社会生活的全部,当经济发展到一定程度以后,人们的精神生活需求就会增多。所谓"仓廪实而知礼节,衣食足而知荣辱"。经济、政治、文化的全面发展,协调发展,才是科学的发展。阐发唐诗精神价值就是当代

---

[1] 范温:《范温诗话》,吴文治主编:《宋诗话全编》,凤凰出版传媒集团,凤凰出版社,1998年版,第1252—1253页。

学人义不容辞的责任。

（四）阐发观念和方法的缺乏使学人看不到唐诗精神价值阐发的学术创新所在。创新是学术研究的生命，学人们忽视对唐诗精神价值的阐发的一个重要原因就是缺乏相应的观念和方法，或是看不到这样做有何价值，或虽然看到了价值却不得其法。人们通常以为精神价值的阐发，只是对诗人或作品做简单的评价，没有什么学术价值可言。工作难度系数往往被看作衡量学术工作的标准，精神价值阐发因过于简单常被看作没有学术价值。其实唐诗精神价值的阐发并非那样简单以至于没有文章可作。

首先，唐代众多诗人和作品的精神价值并没有得到充分的挖掘，即以人们最为熟悉的李白为例，也不能说我们已经充分地掌握其价值了。罗宗强在《一个永恒的研究课题》(《文史知识》2001年第10期)一文中就指出：应当认真思索李白究竟给了我们什么这一重大问题。他认为，李白精神中有一种为我们民族所认可和向往、企望的东西，如何从民族精神、民族文化发展变化上来解释李白及其意义，仍是一个值得注意的重大问题。

其次，唐诗精神价值阐发的工作并不简单。所谓价值，是相对于今天人们的精神生活而言，如何把唐诗与今天人们的精神生活结合起来，使人们清楚地感受到唐诗的精神魅力，并乐于接受这些精神，有益于劝导世道人心，有益于提高生活品质，是一个具有相当难度的工作。这要求学人不仅要读懂唐诗，而且需要了解当代人们的精神生活，更要掌握行之有效的阐述方法，如此方能达到设计目标。

在唐诗精神价值的阐发上，有些学人已经做了很好的工作。如邓小军的《唐代文学的文化精神》(文津出版社，1993年版)就努力从文学中挖掘文化精神，如言贞观之治的文化品质在于体现儒家人性本善的精神、盛唐诗歌体现了刚健进取以及回归自然的时代精神、李白诗歌体现出了自由的精神、杜甫诗歌体现出了仁的境界等等。重视唐诗精神价值的阐发，建立阐发诗歌精神价值的方法，将是21世纪学人的重要任务，也是一个重要的学术增长点。

三、关于唐诗产生背景的研究

建立有效的阐释诗歌现象的模型，是唐诗研究者一直追求的目标。因为描述诗歌史不外乎两项工作：一个是描述现象，一个是解释现象。20世纪学人在解释诗歌现象上做了大量卓有成效的工作，从多视角审视唐诗现象成为许多学人的自觉追求。但这种研究有需要改进和完善之处，下面以政治背景研究为例略作说明。

政治是社会生活中最活跃的因素，对诗歌创作影响巨大，学人投入力量也最多。尤其是80年代，以程千帆《唐代进士行卷与文学》（上海古籍出版社，1980年版）和傅璇琮《唐代科举与文学》（陕西人民出版社，1986年版）为代表的从政治制度入手解释文学现象著作的问世，形成了一个影响深远的从政治制度、政治风气阐释文学的传统。

早在20世纪上半叶，许多学人就对宋人赵彦卫《云麓漫钞》中关于唐代进士以传奇行卷的说法甚为重视，鲁迅、陈寅恪、冯沅君等人著述都有提及。程千帆的《唐代进士行卷与文学》系统描述了这一风气与文学创作的关系。书虽然只有六万字，但影响深远。六年之后，傅璇琮的《唐代科举与文学》出版，更加系统地考察了科举活动对文学创作的影响。作者在《序》中说："本书把唐代的科举与唐代的文学结合在一起……就是试图通过史学与文学的相互渗透或沟通……研究唐代士子（也就是那一时代的知识分子）的生活道路、思维方式和心理状态,并努力重现当时部分的时代风貌和社会习俗,以作为文化史整体研究的素材和前资。"①

科举是一种选拔人才的政治制度,围绕这一制度发生的一系列活动,对文学创作影响巨大。程千帆、傅璇琮的研究开启了一个从社会背景考察文学创作的学术生长点。正如陈尚君评价的那样:"深入探讨包括政治、军事、艺术、宗教、文化、风俗等各方面社会因素的特点,及其与唐代文学发展的内在关系,阐明文学演进的内在逻辑,是最近二十多年间许多学者努力开拓的研究方向,已有的成果涉及范围较宽,创获甚多。傅璇琮的《唐代科举与文学》用描述式的写法,揭示唐代科举制实行后社会生活丰富多彩的状况,以及对文人心理、生活和创作带来的巨大冲击和改变,是具有开创意义的著作。"②从此以后,学界出现了一系列考察社会背景与文学创作关系的著作。例如王勋成的《唐代铨选与文学》(中华书局,2001年版)就将傅璇琮《唐代科举与文学》第十七章《吏部铨试与科举》演述成一部26万字的专著。

从其他政治制度来考察文学的著作也开始出现。如傅绍良的《唐代谏议制度与文人》(中国社会科学出版社,2003年版),考察"谏议制度"与文学的关系。李福长《唐代学士与文人政治》(齐鲁书社,2005年版)从文人参与朝政角度考察政治与文学关系。全书共分六章,包括:绪论、秦府文学馆学士与唐初政治、"弘文馆学士"与"贞观之治"、"北门学士"与武则天革命、盛唐时期的"集贤学士"、翰林学士与中晚

---

① 傅璇琮:《唐代科举与文学》,陕西人民出版社,1986年版,第1页。
② 《〈唐代文馆制度及其与政治和文学之关系〉序》,李德辉:《唐代文馆制度及其与政治和文学之关系》,上海古籍出版社,2006年版,序言第1—2页。

唐政治。李德辉《唐代文馆制度及其与政治和文学之关系》考察了文馆制度与文学关系,"概述了唐代文馆制度、文馆史、文馆活动,探讨了文馆与政治的关系、文馆创作对于文学发展的影响等问题"[①]。

也有从政治事件来考察文学活动的。如胡可先的《中唐政治与文学——以永贞革新为研究中心》(安徽大学出版社,2000年版),从政治事件入手考察唐代文学。该著作以永贞革新为中心,主要考察了"永贞革新与东南文士集团""从永贞革新到甘露之变""永贞革新与元和新变""韩愈、柳宗元、刘禹锡的交谊、思想和文学"等问题,并对其中的一些文学问题做出了新解释。

有人还从官位职责角度来考察文学。如马自力的《中唐文人之社会角色与文学活动》(中国社会科学出版社,2005年版)考察文人从官位职责出发对自身社会角色的体认及其对文学活动的影响,包括"翰林学士及其活动与中唐文学的关系""郎官及其活动与中唐文学的关系""谏官及其活动与中唐文学的关系""刺史等州郡官及其活动与中唐文学的关系"等话题。傅璇琮的《唐翰林学士传论》考察翰林学士"任职期间的表现,包括参与政治、草拟诏诰,以及任职时的生活状况、心态,及与其他文士的文学交往"[②],从翰林学士职责出发考察唐代文学。

也有从政治人物角度来考察唐代文学的。如丁放、袁行霈的《玉真公主考论——以其与盛唐诗坛关系为归结》(《北京大学学报》2004年第2期)、《李林甫与盛唐诗坛》(《文学遗产》2004年第5期)、《唐玄

---

① 李德辉:《唐代文馆制度及其与政治和文学之关系》,上海古籍出版社,2006年版,导论第7页。

② 傅璇琮:《唐翰林学士传论》,辽海出版社,2005年版,前言第4页。

宗与盛唐诗坛——以其崇尚道家与道教为中心》(《中国社会科学》2005年第4期)一系列文章就把关注重心放在政治人物与文学关系上。如《唐玄宗与盛唐诗坛——以其崇尚道家与道教为中心》一文认为唐玄宗崇尚道家思想,迷信道教方术,其周围形成几个道教人物中心,而这些人物又与文士有着密切交往,从而影响到了文士创作。

也有从文人政治遭遇来研究文学的。如尚永亮的《贬谪文化与贬谪文学——以中唐元和五大诗人之贬谪及其创作为中心》(兰州大学出版社,2004年版)一书沿着他上个世纪90年代初开始研究的问题继续开掘,将诗人因贬谪而进行的创作当作一种特有文学现象进行研究。他还组织召开了三届全国迁谪文学研讨会,并出版了《贬谪文学论集》。

上述研究大都采取了这样一个论述模式,即先对某一政治制度、活动、事件、人物、职责、现象进行描述,进而分析其对社会风气、文人心态、创作活动的影响。这种研究的好处在于使人们对唐代文学产生的政治背景有了更加清晰的了解,进而提高了对文人活动及其心态把握的程度,从而为深入地认识其文学创作活动提供了可能。正如傅璇琮《〈唐代铨选与文学〉序》所说:"读者不难认识到,这样的研究是非常实在的,对了解唐代士人的求仕之途,特别是中唐以后的士人生活,十分有用。因为大多数的唐代士人,包括绝大多数的唐代诗人、古文家、传奇小说家,等等,都有这样的经历,而我们如果不清楚这一入仕之途,就搞不清他们的具体经历及其思想感情,有时甚至连有些诗题也看不明白。"[①]

从政治角度来研究唐代文学的文章还远没有做完。因为以往研

---

① 王勋成:《唐代铨选与文学》,中华书局,2001年版,第3页。

究还只是集中在少数几种政治制度(如科举制度、谏议制度),少数几种政治职责(如翰林学士、文馆学士、郎官、刺史等),少数几个政治事件(如永贞革新、牛李党争)上,还有更多政治制度、政治事件、政治职责没有作系统研究。仅就政治制度而言,还可以谈教化制度与文学、监察制度与文学……;在政治事件方面,还可以谈武周革命与文学、安史之乱与文学、甘露之变与文学……;在政治职责方面,还可以谈皇帝与文学、宰相与文学、节度使与文学……,这些都可能成为选题。此外还可以开拓新的角度,如政治理念与文学、政治运动与文学、政治机构与文学、政治风气与文学、政治文书与文学、政书撰写与文学、史书修撰与文学等等。

不仅从政治角度研究唐代文学的文章没有做完,整个唐代文学产生背景的分析还可以继续。例如可以把文学的产生背景分成自然和社会两个方面;而自然又可分为山水、田园、边塞、北方、南方、时序、气候;社会又可以分为经济、政治、文化。经济又可分为国家经济、团体经济、个人经济、农业经济、商业经济、工业经济、文化经济等等;政治又可分为政治理念、政治制度、政治风气、政治事件、政治人物;文化又可分为哲学、宗教、艺术、文学等等。哲学、宗教、艺术、文学仍然可以继续划分。

但是这种背景研究在实际操作过程中存在一个重要问题,即背景描述多,文学分析少,忽视了政治活动与文学活动的衔接。如王勋成《唐代铨选与文学》共9章,谈铨选内容的有8章,谈与铨选文学关系的只有1章。这样布局的好处在于丰富了人们对文学产生的背景的认识,不足之处在于不能充分满足对古代文学研究的期待。如果能把这种模式做一个180度调换,研究文学与某一政治活动的关系,情况可能就会好一些。如孙琴安《唐诗与政治》(上海人民出版社)2003年版)等著作,从某一文体入手考察文学与政治的关系,在论述方式上由文体到政治,而不是从政治到文体,情况便有很大改观。如果研究中注意中间环节分析,情况也会有所不同。如马自力《中唐文人之社会角色与文学活动》就通过分析文人因政治职责而产生的社会角色意识来考察他们的文学活动,便有效地把政治与文学二者衔接起来。

出现背景描述多,文学分析少的原因有三:第一,问题本身所限。文学活动包含很多要素,一个文学现象往往由多种因素共同促成,政治活动只是其中一个因素,从一个角度来全面解释文学现象本来就存在困难。例如政治生活影响所及,或是题材,或是主题,或是体裁,不可能是全方位的。第二,分析不足所限。虽然学人们一再表示在考察政治与文学关系时,注意到了社会风俗、文人心态的分析,但分析往往还不够细致。如作者可再继续分析,仅就其影响作品风格要素而言,就可分析出精神境界、思想性格、行为风范、审美观念、构思方式、表现手法等要素。作品可分为内容、形式、风格。内容上不同样式的文学作品又有所不同,如诗歌的主题、题材、意境、意象等,形式上如体裁、语言、手法等等。只有将这些做了充分的分析之后,才能看到是哪些政治因素影响了哪些文学因素,才能找到它们之间的确切的直接的联系。第三,论述体例所限。上述研究题目往往是"××与文学",而不是"文学与××",这就决定了作者在论述时势必要在背景上下功夫。背景研究是跨学科研究,已有研究基础相对薄弱,将这些情况弄清已经不易,作者容易体会到已有创新带来的满足感,所以往往忽视了与文学的衔接。这类成果给人印象是研究难度系数较高,解决文学实际问题较少。建议改变叙述方式,先找到文学现象,然后再寻找成因,同时注意考察政治各要素与文学各要素之间的衔接,努力找到政治对文学产生影响的那些最直接的确定性的联系。

相对于这种文学产生大背景研究,应该更加重视文学产生具体情境的研究。因为具体环境在影响诗歌特点形成上可能远比政治、经济、文化之类大环境直接。换言之,研究诗歌产生小背景,可能远比研究大背景更加有效。大背景对诗歌产生作用往往以小背景为中介,小背景研究是对大背景研究的补充和完善。人们在研究大背景时往往采用现代社会科学分类标准,习惯于对社会背景做学科分割,而诗歌活动综合了许多因素,从这种分割后的某个视角来审视文学现象,犹如管窥蠡测,难得全豹。而小背景研究重在考察诗歌产生的具体情境,就可以避免学科分割之弊。因此建议学人在对诗歌做大背景解读时,把更多精力放在小背景解读上。

如元人方回所编《瀛奎律髓》中所列登览类、朝省类、怀古类、风土类、伤悼类等48个唐诗种类。这种分类,或按题材,或按主题,都与其创作情境密切相关。例如集会作诗就可能会有同题创作,不仅内容上相近,而且形式上也相近。经常性的集会作诗就可能出现一个创作倾向相同的诗人群体,甚至是诗歌流派。再如唱和作诗,不仅反映了诗人交往情况,而且很可能看到诗歌相互影响的关系,对于认识作品内容和形式都是重要视角。在消遣娱乐环境中,有诗人参加,也有艺人参加,作品可能是徒诗,也可能是歌词。而歌词写作又有"因声以度词"和被人"选词以配乐"两种情况,不论哪一种情况都可能有相应的曲调,不同的曲调又有不同的体式和风格,这些因素都会影响诗歌特点的形成。总之,像集会、唱和、歌唱、登临、旅行、隐居、庆典等等,都可以进行研究。贾晋华《唐代集会总集与诗人群研究》(北京大学出版社,2001年版)之所以能使人耳目一新,就是因为她做的是小背景研究。

四、有关乐府诗研究

20世纪学人在唐诗研究上做了多方开掘,但仍然留下了很多有待开掘的空间,蕴藏着巨大的创新机遇,唐代乐府诗研究就是如此。

乐府诗作为礼乐文化组成部分,一直是诗中精品,在诗歌史上往往具有标志性意义。如果离开了王勃的《采莲曲》、杨炯的《从军行》、沈佺期的《独不见》、张若虚的《春江花月夜》、刘希夷的《代悲白头翁》,如何来描述初唐诗歌?离开了《行路难》《将进酒》《蜀道难》《丁都护歌》等乐府诗,如何来描述李白?离开了《燕歌行》《凉州词》《从军行》,如何来描述盛唐边塞诗?不谈新乐府,何以完整地描述杜甫、张王、元白、李贺等人的诗歌成就?因此研究乐府诗对于深入认识唐代诗歌史有着重要意义。

但由于20世纪学人在乐府诗研究上没有建立起相应观念和方法,把这些最活跃的诗歌当作纯粹文学作品看待,即使偶尔看到了其音乐特性,但相关认识十分落后。如刘念兹《唐短歌》对歌诗分类就表现出相关知识的欠缺:"唐诗分声诗与徒诗两大类别。声诗乃歌辞,有曲调;徒诗乃吟咏,无曲调。徒诗有长歌体,也有短歌体。短歌有章句,有韵叶,此与一般诗歌同具之共性。其特点是按声成律,顺口成韵,随兴起止,不拘一格。因此,短歌一般不定格调,不入定腔。"[①]其中没有一句话说得没有问题。80年代,像吴庚舜《略论唐代乐府诗》(《文学遗产》1982年第3期)、商伟《论唐代的古题乐府》(《文学遗产》1987年第2期)这样大的题目都能作为一篇文章的论

---

① 刘念兹:《唐短歌》,四川人民出版社,1984年版,凡例第1页。

题,说明人们对唐代乐府诗研究还处在初步阶段。王运熙《讽谕诗和新乐府的关系和区别》(《复旦学报》1991年第6期),刻意辨析讽谕诗和新乐府两个概念,说明当时许多学人分不清这两个概念,有必要进行澄清。

专门论述乐府诗的著作水平也很有限,如钟优民《新乐府诗派研究》(辽宁大学出版社,1997年版)。书中前两章溯源,论汉魏晋南北朝新乐府传统,后八章论唐代新乐府。所论不同于前人只关注张王、元白新乐府,而是将张王、元白新乐府当作高潮,论整个唐代新乐府辞,相当于写了一部唐代新乐府诗史。但因时代局限,该书存在很多问题:一、囿于老的文学史言说框架,以现实主义人民性为核心价值标准来谈新乐府;二、将郭茂倩《乐府诗集》所收新乐府辞都当作新乐府诗派作品,没有看到唐代新乐府辞的丰富性和复杂性;三、论述中将很多非乐府诗当作新乐府来论述,如杜甫《石壕吏》、元稹《连昌宫词》等;四、未能从乐府诗的音乐属性来谈新乐府创作。台湾学者对唐代乐府诗研究也不够深入。如张修蓉《中唐乐府诗研究》(文津出版社,1985年版),就根本没有弄清什么是新乐府。

由于研究远远不够,一些常识都成了问题。例如"行""篇""引"等,这些常见乐府诗题含义是什么?李白的《清平调》是指调类,还是指调名?如果是指调类而言,那么与相和歌中的平调、清调有何关联?如果是指调名,那么其具体含义为何?再如岑参的《白雪歌送武判官归京》,是不是乐府诗?为什么张若虚的《春江花月夜》、高适的《燕歌行》都好像是多首绝句组成?文学史上一直把杜甫当作新乐府开创者,但杜甫新乐府到底有哪些?元稹《乐府古题序》云:"近代唯诗人杜甫《悲陈陶》《哀江头》《兵车》《丽人》等,凡所歌行，率皆即事名篇，无所倚傍。"①杜甫这四首歌行，到底是不是新乐府呢？《乐府诗集》将《丽人行》收入"杂曲歌辞"，其他三首收入"新乐府辞"。郭茂倩是否是根据元《序》来收录的？唐人所说乐府一定与朝廷有关，杜甫有没有要把这些歌行献给朝廷呢？元稹根据什么把杜甫这些歌行当作新乐府呢？是否是郭茂倩误把这四首诗当成了乐府呢？显然这是值得探讨的问题，否则文学史上有关杜甫是新乐府创作先驱的说法就会受到质疑。这一问题清人就已经注意到了。如钱木庵《唐音审体》"新乐府论"条云："太原郭氏曰：'新乐府者，皆唐世之新歌也。以其辞实乐府，而未尝被于声，故曰新乐府也。元微之病后人沿袭古题，唱和重复，谓不如寓意古题，刺美见事，犹有诗人引古以讽之义。近代唯杜甫《哀江头》《悲陈陶》《兵车》《丽人行》等，率皆即事名篇，无复倚傍。乃与白乐天、李公垂辈谓是为当，不复更拟古题矣。'愚按：少陵《丽人行》及前后《出塞》，郭氏列之古题中；其《哀江头》等篇，元相略举一二，他诗类此者正多，少陵新乐府或不止是，不知《乐府诗集》何以止载五首？然杜集不标乐府之名，郭氏去唐未远，当必有考。《文苑英华》分乐府、歌行为二，以少陵《兵车行》、白傅《七德舞》等列之歌行中。《英华》分类，恐不如郭氏分体之精也。"②他认为《乐府诗集》"止载五首"杜甫乐府是难以理解的。不过他还是相信郭茂倩这样作"当必有考"，态度十分谨慎。但是其他一些诗评家就没有这样谨慎了，直接把杜甫"三吏""三别"当作新乐府。如清宋荦《漫堂说诗》云："少陵乐府以时事创

---

① 元稹：《元稹集》卷二十三，中华书局，1982年版，第255页。
② 钱木庵：《唐音审体》，王夫之等：《清诗话》，上海古籍出版社，1978年版，第780页。

新题,如《无家别》《新婚别》《留花门》诸作,便成千古绝调。后来张(籍)、王(建)乐府,乐天之《秦中吟》,皆有可采。"①清李重华《贞一斋诗说》亦云:"乐府体裁,历代不同。唐以前每借旧题发挥己意,太白亦复如是,其短长篇什,各自成调,原非一定音节。杜老知其然,乃竟自创名目,更不借径前人。如《洗兵马》《新婚别》等皆是也。"②可见由于元稹在《序》中举几篇杜甫歌行作为"即事名篇,无所倚傍"的典型,加上郭茂倩又将这几篇收入《乐府诗集》,所以致使许多后来诗评家就将其更多歌行体诗当成了新题乐府。总之杜甫有哪些新乐府都还是个问题。

上述局面与整个唐诗研究总体格局很不相称,建议更多学人关注唐代乐府。

五、唐诗研究需要新思维

唐诗研究应有新思维,这是唐诗研究到了新阶段的必然要求。20世纪以来,受西方强势文化影响,唐诗研究观念和方法一直处在引进、消化、吸收阶段。学人们习惯于借鉴西方观念和方法,很少去想如何自主设计唐诗研究之路。唐诗研究需要新思维,呼唤从业者超越引进、消化、吸收阶段,进入自主创新阶段,自主规划唐诗研究之路。

自主设计唐诗研究路径首先需要弄清什么是唐诗,唐诗的存在

---

① 宋荦:《漫堂说诗》,王夫之等:《清诗话》,上海古籍出版社,1978年版,第417页。
② 李重华:《贞一斋诗说》,王夫之等:《清诗话》,上海古籍出版社,1978年版,第927—928页。

方式。只有这样才能认识唐诗,才能把唐诗与今人生活联系起来。

诗到底是什么,前人有许多揭示。《毛诗序》云:"诗者,志之所之也。在心为志,发言为诗。……故正得失,动天地,感鬼神,莫近于诗。先王以是经夫妇,成孝敬,厚人伦,美教化,移风俗。"[①]这是从诗歌与情感关系以及社会功用角度揭示了诗歌特性。现代文艺学家把诗歌当作一种抒情或叙事样式,是从文体功能角度来揭示诗歌特性。阶级斗争年代则把诗歌当作一种意识形态,是从社会功用角度来揭示诗歌特性。这些解释或多或少都揭示了诗歌部分特征,都有一定合理性,但都没有揭示出诗歌最基本特性,从这些观念出发,是永远无法全面认识诗歌的。

那么诗歌最基本的特性是什么呢?人类需要交往,交往需要话语,诗歌是最具表现力的话语,使用诗歌交往是一种高级的交往形式。诗歌语言精妙,能直达人心,能给人美感,是富有表现力的话语。一旦获得这种能力,就会增进交往水平,就可以享受这种话语带来的愉悦,诗歌也就成了人们追求的一种生活方式。唐代诗歌繁盛,诗歌活动在人们生活中占比很高。在唐代,人们可以用诗歌语言来传达任何需要传达的思想和情感,举凡言志、抒怀、问讯、陈情、干谒、请托、公告等活动,都可以用诗歌表达。清管世铭《读雪山房唐诗钞凡例·五古凡例》曾这样评价杜甫五古:"杜工部五言诗,尽有古今文字之体。前后《出塞》、'三别''三吏',固为诗中绝调,汉魏乐府之遗音矣。他若《上韦左丞》,书体也;《留花门》,论体也;《北征》,赋体也;《送从弟亚》,序体也;《铁堂》《青阳峡》以下诸诗,记体也;《遭

[①] 孔颖达:《毛诗正义》卷一,李学勤主编:《十三经注疏》,北京大学出版社,1999年版,第6页。

田父泥饮》,颂体也;《义鹘》《病柏》,说体也;《织成褥段》,箴体也;《八哀》,碑状体也;《送王砅》,纪传体也。可谓牢笼众有,挥斥百家。"①其他诗人虽然不能像杜甫这样"牢笼众有",但以诗来代替各种文体例子数不胜数。总之,崇尚诗歌,创作诗歌,欣赏诗歌,使用诗歌,成了唐人的一种生活。

诗歌是一种生活方式,孔子早已做了明确揭示。《论语·阳货》记载孔子曰:"小子何莫学夫诗?诗,可以兴,可以观,可以群,可以怨。迩之事父,远之事君。多识于鸟兽草木之名。"②孔子主张一定要学诗,因为诗是调理性情的工具,参与社会活动的素养,增广见闻的有效途径。说明在孔子时代,诗是上流社会交流话语,"不学诗,无以言"。这一诗化生活传统一直延续下来,到唐代更加发扬光大③。在唐人生活中,诗歌是高尚生活的元素,是交流情志的媒介,是步入上层社会的资质。

仅以高尚生活元素而言,唐人举凡庆典、饮宴、游览、欢会、送别等场合,都有诗歌活动在其中。如果没有诗歌加入,这些活动将大为逊色。高仲武《中兴间气集》曾记载了诗人郎士元和钱起的故事:"自丞相已下,出使作牧,二君无诗祖饯,时论鄙之。"④当时朝官外任,照例要举行宴会,宴会要诗人作诗送行,最好要有当红诗人作诗

---

① 郭绍虞编选,富寿荪校点:《清诗话续编》,上海古籍出版社,1983年版,第1546页。
② 杨伯峻:《论语译注》,中华书局,1980年版,第185页。
③ 闻一多在《诗的唐朝》一文中提出了"诗唐"这一概念,至今读来,仍然很有启发意义。
④ 高仲武:《中兴间气集》,傅璇琮:《唐人选唐诗新编》,陕西人民教育出版社,1996年版,第493页。

送行。如果当红诗人没有到场作诗送行,这一活动就会大失光彩。

诗歌是一种活动,是一种生活方式。作为活动就应该包含主体、类型、功能、信息留存等多个侧面。每个侧面仔细分析都可以有新发现,唐诗研究新思维就从分析这些侧面开始。

诗歌活动主体有作者、歌者、组织者、教师、商人、大众……。作者是第一主体,歌者是第二主体,组织者是第三主体……。每个主体可以继续划分,如按性别、按地位、按家族、按地域、按年龄等。这些划分都关乎诗歌活动,例如不同诗人创作时选择题材和体裁可能各不相同。艺人传唱是诗歌的一种存在形态,是诗歌传播和价值实现的重要方式。艺人虽不直接参与创作,但间接参与诗歌创作。即以乐府诗为例,其作用体现在三个方面:一、把非乐府诗变成乐府。例如盛唐大曲《凉州》《伊州》《陆州》就选取了许多诗作。这些诗作有些原本是乐府,有些原本不是乐府,经过他们选取以后,这些诗作都成了乐府。二、选诗时对这些诗作进行编排,使之成为一个抒情结构或叙事结构。原有一个个独立诗篇变成了大曲表演的有机组成部分,诗作价值被放大、缩小或转移。三、艺人为了合乐,有时会改动作品字句,可能会损害到这些诗作原有价值。组织者作用同样巨大。例如皇帝就是诗歌活动最重要的组织者。唐代崇尚诗歌风气的形成,一系列优待诗人政策的出台,都离不开皇帝的提倡。至于教师教授诗歌,商人贩卖诗集,众人欣赏诗歌,都是诗歌活动主体,都可能影响到诗歌的产生、传播以及价值实现。

研究诗歌活动主体形成过程也是一个重要问题。例如一个诗人通过哪些途径获得诗人资质就值得深入研究。诗人才能包括知识、技巧、艺术三个层面。知识是创作基础,是语料体系;技巧是写作技术,是写作的基本训练;艺术是技巧的延伸,是具有创造性的表达。

诗人知识来源、技巧来源、艺术来源都值得深入考察。李白诗云"十五观奇书,作赋凌相如",杜甫诗云"读书破万卷,下笔如有神",说明知识储备非常重要。李白"三拟《文选》",杜甫强调"熟精《文选》理",说明模拟前人作品非常重要。杜甫诗云"时见文章士,欣然澹情素"(《送高司直寻封阆州》),"荆州过薛孟,为报欲论诗"(《别崔潩因寄薛据孟云卿》),"说诗能累夜,醉酒或连朝"(《奉赠卢五丈参谋琚》),"把酒宜深酌,题诗好细论"(《敝庐遣兴奉寄严公》),"会待妖氛静,论文暂裹粮"(《寄彭州高三十五使君适虢州岑二十七长史参三十韵》),"何时一樽酒,重与细论文"(《春日忆李白》),说明与友人谈论诗艺,对提高艺术水平非常重要。研究唐代诗人创作才能的获得途径和过程将是唐诗研究的一个重要课题。

诗歌生活可以分成很多类型。以参与人数划分,可以有一人、二人、多人等;以场景划分,可以有自作、题壁、游览、集会、比赛等;以组织形式划分,有自发、唱和、奉命等;以传播方式划分,有自赏、题壁、传抄、教育、歌唱等。这些类型还可以继续分析。

例如唱和就可以继续分析。如形式的规定性,像字数、句数、用韵等;内容的规定性,像题目、事件、人物、功能等;时间的规定性,像时序、节日、同时、先后等;人员的规定性,像二人、多人、友人、上下级等;唱和的评判,像评判者、评判标准、评判形式、评判过程、评判结果等;相互影响,如题材、主题、形式、风格、主动、被动等,都可以继续分析。同样道理,其他两种组织形式也可以继续分析。例如奉命创作就可以分析命令主体、命令内容、潜在范式等;自发创作可以分析创作动因、创作过程、创作形式等。

再如歌唱活动,有诗人之歌,有乐人之歌,有大众之歌。每种歌唱活动都可以继续分析。如诗人歌唱活动就可以分析出许多层面:

所歌作品有自作,如云:"自吟诗送老,相劝酒开颜"(杜甫《宴王使君宅题二首》),"坐中薛华善醉歌,歌辞自作风格老"(杜甫《苏端、薛复筵简薛华醉歌》);有他作,如云:"云是孟武昌,令献苦雪篇。长吟未及终,不觉为凄然"(元结《酬孟武昌苦雪》),"赖寄新珠玉,长吟慰我思"(韩愈《奉和兵部张侍郎酬郓州马尚书祗召途中见寄开缄之日马帅已再领郓州之作》)。歌唱情境有自唱自听,如云:"世上皆如梦,狂来止自歌"(王维《游李山人所居因题屋壁》),"岂无一尊酒,自酌还自吟"(韩愈《幽怀》);有自唱众听,如云:"坐中薛华善醉歌,歌辞自作风格老"(杜甫《苏端、薛复筵简薛华醉歌》),"心事为谁道,抽琴歌坐筵。一弹再三叹,宾御泪潺湲。送君竟此曲,从兹长绝弦"(乔知之《拟古赠陈子昂》)。歌唱形式或有音乐伴奏,如云:"壶酒朋情洽,琴歌野兴闲"(孟浩然《游凤林寺西岭》),"长吟倚清瑟,孤愤生遥夜"(陆龟蒙《村夜二篇》其二);或无音乐伴奏,如云:"来往不逢人,长歌楚天碧"(柳宗元《溪居》),"为我引杯添酒饮,与君把箸击盘歌"(白居易《醉赠刘二十八使君》);或边歌边舞,如云:"我歌月裴回,我舞影零乱"(李白《月下独酌四首》其一),"宝剑中夜抚,悲歌聊自舞。此曲不可终,曲终泪如雨。"(袁瓘《鸿门行》);或只歌不舞,如云:"坐歌空有待,行乐恨无邻"(孟浩然《上巳日涧南园期王山人、陈七诸公不至》),"白酒一樽满,坐歌天地清"(司马扎《山中晚兴寄裴侍御》)。诗人歌唱还可以继续分析,如场所、曲调、情感、与乐人歌的关系、与歌众人歌的关系,等等。乐人歌和众人歌的类型也可以继续分析。

任何活动都有其目的,诗歌能够成为唐人一种生活方式,说明诗歌满足了人们某种生活需求。不同主体各有所需,都值得细加分析。例如从诗人角度可以分为抒情、言志、社交、应用等。而抒情可以分为自适、舒忧、悲愤等;言志可以分为咏怀、咏史、咏物等;社交可以分成应制、唱和、投赠等。应用是指用诗歌来代替各种应用文体,如书信、布告、奏章等。从皇帝角度来看,诗歌功用可以分为礼赞神灵、美化政治、敦睦亲族、和谐上下、自我娱乐等。演唱诗歌是艺人赖以谋生的手段(不排除对诗歌的欣赏和陶醉),其表演方式多种多样,发挥作用也多种多样。大众参与诗歌活动是出于精神生活需求,他们通过听歌看舞来赏诗歌、传唱诗歌,诗歌使他们生活变得更美。

每种功能都可以继续分析。例如社交功能就值得系统考察。读书人要想步入上层社会,就必须熟悉上层社会的语境。"不学诗,无以言","诗可以群",这些情况就出现在唐人社会生活当中。杜甫在《奉赠韦左丞丈二十二韵》中向韦左丞陈情:"读书破万卷,下笔如有神。赋料扬雄敌,诗看子建亲。……自谓颇挺出,立登要路津。致君尧舜上,再使风俗淳。"在杜甫看来,能诗是"立登要路津"的充分条件。虽然这一愿望没有立即实现,心中充满郁闷,以"朝扣富儿门,暮随肥马尘。残杯与冷炙,到处潜悲辛"来形容参与聚会时叨陪末座的屈辱,但他毕竟可以凭借诗歌参与上层社会活动。

功能分析是认识诗歌产生的重要视角。例如郊庙歌辞创作出于皇帝敬天礼神需要,艺人传唱诗歌激发了诗人写作的热情,等等。学界从功用角度系统研究唐诗产生的工作做得很不充分,值得下大力气进行研究。

诗歌活动必然会留下种种痕迹,成为后人研究唐诗的重要依据。考察诗歌活动文献留存问题是唐诗研究的重要课题。

诗歌活动各个主体都有可能影响到诗歌文本留存。皇帝命令整理某人诗集,艺人传唱对诗作拼接割裂,商人贩卖时以次充好,都可能影响诗歌文本留传。诗人歌唱活动也可能影响到文本留存,或体现在诗题上，或体现在内容上，或体现在形式上。与歌唱有关的诗题往往具有歌词特点。如白居易《短歌行二首》云："住不得，可奈何，为君举酒歌短歌"（其一），"歌声苦，词亦苦，四座少年君听取。……从古无奈何，短歌听一曲"（其二），诗人唱的是《短歌行》，诗题也是《短歌行》。诗人歌唱还会体现在诗歌内容上。其原因有两个方面：一、诗人歌唱有悲歌、放歌、狂歌、高歌、浩歌等情感类型，会自然地影响诗歌的题材和主题。二、诗人所唱歌曲往往有相对固定的题材或主题，尤其是乐府诗，有固定的题名、本事、曲调、体式、风格等要素，要求古乐府诗在流传过程中始终保持着相对稳定性，诗人在歌唱和创作这些乐府诗时，题材和主题自然会出现趋同化倾向。诗人歌唱活动还会体现在形式上。歌诗体式相对固定，诗人以歌作诗，自然会遵循这些体式。如刘禹锡善歌《竹枝词》，所作《竹枝词》也均为七言四句。

从诗歌活动角度看唐代诗歌文本留存问题会有许多新的发现，如诗歌排列方式，活动类型与诗歌体式特征的形成等。

上面分析了诗歌活动主体、类型、功能、留存等侧面。除了这些侧面，还可以考察诗歌活动其他侧面，如本质、过程、规律、条件等等。过程分析，如创作过程、传播过程、价值实现过程等；本质分析，如诗歌到底给人提供了什么，人们为什么需要诗歌等；规律分析，如诗歌活动规律，诗歌活动原理等；条件分析，如音乐、绘画、印刷、教育等。总之唐诗研究需要新思维。

本卷按课题总体设计要求分三个时段进行：前50年为第一个时段，是唐诗研究从传统走向现代的阶段；50年代到70年代30年为第二个阶段，是唐诗研究的转型阶段；后二十年为第三个阶段，是唐诗研究的发展阶段。三个时段各占一章。

第一章　20世纪上半叶唐代诗歌研究

19世纪后期唐诗研究已经开始出现一些现代化迹象。20世纪上半叶(1901—1950)唐诗研究进一步从传统走向现代,实现了一千多年来唐诗研究的重大转变。一批又一批具有良好国学素养又有西学眼光的学人投入到唐诗研究当中,取得了一系列优秀成果,创造出许多行之有效的学术范式。在文献收集整理、诗人生平考证、创作特点揭示、诗歌史写作上,都取得长足进步。但由于受社会政治运动、文化思潮的影响,这一时期唐诗研究也打上了深刻的时代烙印,出现了概念化、简单化的趋向,直接影响到之后三十年唐诗研究的走向。

第一节　文献整理工作开始起步

这一时期唐诗文献整理上最重要的成绩是开启了《全唐诗》的整理工作。

《全唐诗》清康熙年间编就,书中存在很多疏漏,需要进一步整理。但在20世纪之前,很少有人关注这一课题。进入20世纪以后,这一课题被明确地提了出来。首先提出全面整理《全唐诗》设想的是刘师培。他在1908年发表了《读全唐诗发微》(《国粹学报》第4卷第9期)一文,指出了清编《全唐诗》编纂上的一系列疏漏,提出了整理《全唐诗》设想。此后陆续出现一些有关整理《全唐诗》的文章,如闻一多的《全唐诗校读法举例》(《文哲月刊》第1卷第5期,1936年)、胡怀琛《全唐诗的编辑者及其前后》(《逸经》第17期,1936年)、朱希祖《全唐诗之来源及其遗佚考》(《文史杂志》第3卷第9期,1944年)、李嘉言《全唐诗辨证》(《国文月刊》第19期,1943年)等。

而真正开始对《全唐诗》展开较大规模整理的是岑仲勉。他1939年用时一个半月,写就《读全唐诗札记》,前言中曾提到刘师培文章[1]。札记写作用时虽短,却有数万字篇幅,订正了《全唐诗》编纂上一系列错误。作者在谈写作动机时说:"岁初,既泛览《全唐文》竟,再旁及《全唐诗》,开卷之际,觉篇章复累(除已注明者),小传疏舛,其数初不减于《全文》。"[2] 实际上札记所涉内容甚广,不限于纠正"篇章复累,小传疏舛"两端,还兼有人名、地名、注释、诗人事迹的订正。如五函五册对重出作品的标注:"同人(指王建)《薛二十(一作十二)池亭》。按诗又收八函三册姚合,此失注,彼标为《题薛十二(一作一)池亭》也,又每个作每日(日字当误),行匝作行过,斜竖作斜立,山石作幽石。"[3] 如五函五册补小传之不足:"'王建字仲初,颍川人,大历十年进士,初为渭南尉,历秘书丞,侍御史。'按建诗有《初到昭应呈同僚》云,'白发初为吏,有惭少年郎',《县丞厅即事》云:'圣朝收外府,皆自九天除',又《昭应官舍》云:'文案把来看未会,虽

---

[1] 其《读全唐诗札记》序云:"刘师培氏曾为全唐诗发微,而未之见。"见《唐人行第录(外三种)》,中华书局,2004年版,第201页。

[2] 《读全唐诗札记》,《唐人行第录(外三种)》,中华书局,2004年版,第201页。

[3] 《唐人行第录(外三种)》,中华书局,2004年版,第236页。

书一字甚惭颜',又《昭应官舍书事》云:'县在华清宫北面,晓看楼殿正相当,……腊月近汤泉不冻,夏天临渭屋多凉',(《旧书》三八:昭应治温泉宫西北。)是建中间历昭应丞。今九册杨巨源《寄昭应王丞》诗:'武皇金辂辗香尘,每岁朝元及此辰。光动泉心初浴日,气蒸山腹总成春。讴歌已入云韶曲,词赋方归侍从臣。瑞霭朝朝犹望幸,天教赤县有诗人',依《纪事》四四,寄建诗也。建又有《初授太府丞言怀》,纪事亦云建'为昭应丞、太府寺丞'。"①再如一函二册对人名的订正:"唐太宗《咏乌代陈师道》诗,按唐初名人有杨师道,相太宗,未闻陈师道,今同函八册收师道一卷,传称其善草隶,工诗,内有《应诏咏巢乌》一首,陈疑杨之误。"②如十函四册对地名的订正:"同人(罗隐)《薛阳陶觱篥歌》:'平泉上相东征日,曾为阳陶歌觱篥。乌江太守会稽侯,相次三篇皆俊逸。'《英华辨正》六:'平泉谓李德裕,曾作此歌,苏州刺史白居易、越州刺史元稹并有和篇,此言乌江,恐是吴江,乃苏州也'。余按乌江,和州也,刘禹锡长庆末刺是州,德裕述梦诗四十韵,元、刘均有唱和。居易《小童薛阳陶吹觱栗歌》,见《全诗》居易二十一,下注云:'和浙西李大夫作',诗有云:'润州城高霜月明,吟霜思月欲发声……明旦公堂陈宴席,主人命乐娱宾客。碎丝细竹徒纷纷,宫调一声雄出群。'又《广记》二〇四引《桂苑丛谭》云:'咸通中,丞相李蔚拜端揆日,自大梁移镇淮海……一旦,闻浙右小校薛阳陶监押度支运米入城。公喜其姓名有同曩日朱崖李相左右者。遂令试询之,果是旧人矣。公甚喜,如获古物,乃命衙庭小将代押运粮,留止别馆。一日,公召阳陶游,询其所闻及往日芦管之事。

---

① 《唐人行第录(外三种)》,中华书局,2004年版,第236页。
② 《唐人行第录(外三种)》,中华书局,2004年版,第201页。

薛因献朱崖李相、陆畅、元、白所撰歌一轴,公益喜之。'白有歌传,固为据矣。然《全诗》禹锡三亦自有《和浙西李大夫霜夜对月听小童吹觱篥歌依本韵》,其用韵者与白集不同,此则乌江非必吴江之确证也。"①再如十函五册对注释的订正:"唐彦谦《赠孟德茂》注:'浩然子',按诗有云:'平生万卷应夫子,两世功名穷布衣',又前文有《应德茂前离棠溪》一首,则德茂姓应,非姓孟,且彦谦咸通人,亦疑与浩然子不相及。"②如五函四册对畅当是否曾官果州刺史的辨正(详见下节)③。这些辨正虽然零散,有的只是提出疑问,但已不限于举例说明,而是作具体订正,为后人进一步整理《全唐诗》开启了思路。至20世纪末与21世纪初,陈尚君《〈全唐诗〉误收诗考》(《文史》第24辑,1985年版)、佟培基《全唐诗重出误收考》(陕西人民教育出版社,1996年版)、陶敏《全唐诗人名考证》(陕西人民教育出版社,1996年版)、《全唐诗作者小传补正》(辽海出版社,2010年版)等成果,都是沿着这一思路而来的。

除了《全唐诗》外,岑仲勉作于1937年的《唐集质疑》最后一条为《河岳英灵集》,对该集编纂时间,所收作品数量做了考证。其《白氏长庆集伪文》《论白氏长庆集源流并评东洋本白集》(《中央研究院历史语言研究所集刊》,第9本,1947年版)《文苑英华辩证校白氏诗文附按》《补白集源流事证数则》《从文苑英华中书翰林制诏两门所收白氏文论白集》《从金泽图录白集影页中所见》(《中央研究院历史语言研究所集刊》,第12本,1948年版)六篇文章专门论述白居易

---

① 《唐人行第录(外三种)》,中华书局,2004年版,第265—266页。
② 《唐人行第录(外三种)》,中华书局,2004年版,第266页。
③ 《唐人行第录(外三种)》,中华书局,2004年版,第233—234页。

集。岑仲勉是现代著名历史学家,在隋唐史、文献学、史地考证等许多方面都有卓越建树,所作文献辨正工作,左右逢源,见识独到,足当示范之用。

这一时期也有部分唐诗选本,如高步瀛《唐宋诗举要》选唐诗619首,84家。

第二节　诗人生平事迹考证初显实绩

弄清诗人生活情况,对于更好地了解其创作是必不可少的工作。20世纪上半叶学人对唐代诗人生平事迹做了一系列考证工作。其成果也首推岑仲勉的《读全唐诗札记》。《札记》对许多诗人的事迹做了辨正。如五函四册对畅当是否曾官果州刺史的辨正:"'畅当,河东人,初以子弟被召从军,后登大历七年进士第,贞元初为太常博士,终果州刺史,与弟诸皆有诗名'。按此传本自《纪事》二七,然余读之,蓄有两疑:(一)当为果州刺史,不外根据其诗,一即《南充谢郡客游澧州留赠宇文中丞》,诗云:'仆本濩落人,辱当州郡使。量力颇及早,谢归今即已',南充即果州,二即《自平阳馆赴郡(一作阿)》诗:'奉恩谬符竹,伏轼省顽鄙',是为强证。顾由反面观之,如四函十册之耿湋,五函一册之戴叔伦,二册之卢纶,三册之李端、司空曙,凡与当唱和,皆径题其姓名或曰博士,无称其官刺史者,如谓凡此皆在前,则叔伦吊畅当亦然。且叔伦诗:'万里江南一布衣,早将佳句动京畿。徒闻子敬遗琴在,不见相如驷马归',亦不类尝官刺史。《全文》五二八顾况《韩滉谥议》注云:'代太博畅当作',滉卒贞元三年正月(旧纪一二),则三年初当犹是太傅;又叔伦卒五年六月(《全文》五〇二),吊诗未必即作于卒后不久,然则此年余间,当果由七品之太博,超跻中州刺史欤？此虽非极强之反驳,然南充谢郡诗固有题王昌龄者,则安保非他人诗而误入畅当,此余所疑而未明者也。"[1]岑仲勉对唐代诗人生平事迹考辨只是在读《全唐诗》时遇到一些问题时写成的札记,不是唐代诗人生平事迹的系统考证,但他开启了后人考证唐代众多诗人生平的端绪。后来傅璇琮主编的《唐才子传校笺》(中华书局,1996年版)等一系列对于唐代诗人生平事迹考证工作,就是对岑氏工作的延续。如储仲君在《唐才子传校笺》中对畅当生平事迹的辨正,就具体回应了岑仲勉的考证成果。此外,岑仲勉还作有《孟郊诗注与贾岛年谱》(《学原》第1卷第8期,1947年)、《白集醉吟先生墓志铭存疑》(《中央研究院历史语言研究所集刊》,第9本,1947年版)等有关诗人生平事迹的文章。

有关李白生平事迹考证是这一时期学人关注较多的课题。陈寅恪《李太白氏族之疑问》(《清华学报》第10卷第1期,1935年1月)首次提出了李白氏族问题。文章在引用李白《为宋中丞自荐表》中"臣伏见前翰林供奉李白,年五十有七"后云:"寅恪案,太白为宋若思作此表时在唐肃宗至德二载,即西历七五七年。据以上推其诞生之岁,应为武后大足元年,即西历七〇一年。此年下距中宗神龙元年,即西历七〇五年,尚有四年之隔。然则太白由西域迁居蜀汉之时,其年至少已五岁矣。是太白生于西域,不生于中国也。又考李序'神龙之始逃归于蜀,复指李树而生伯阳',及范碑'公之生也,先府君指天枝以复姓'之语,则是太白至中国后方改姓李也。其父之所以名客者,殆由西域之人其名字不通于华夏,因以胡客呼之,遂取以为名,其实非自称之本名也。夫以一元非汉姓之家,忽来从西域,自

---

[1] 岑仲勉:《唐人行第录(外三种)》,中华书局,2004年版,第233—234页。

称其先世于隋末由中国谪居于西突厥旧疆之内,实为一必不可能之事。则其人之本为西域胡人,绝无疑义矣。"①文章虽然不长,但开启了人们对李白族属争论的公案,其结论也为许多学者采纳。如詹锳《李白家世考异》(《国文月刊》第 24 期,1943 年 10 月)就是在此基础上对李白家世所作的详细考证。有关李白氏族、家世、身世诸多问题,直到 20 世纪末,还一直在争论当中。

其他诗人生平事迹考证也取得了一系列成果。如闻一多《少陵先生年谱汇笺》《岑嘉州系年考证》(均收入其《唐诗杂论》当中)、张采田《玉溪生年谱会笺》(成书于 1916 年,后于 1963 年由中华书局出版)、赖义辉《岑参年谱》(《岭南学报》第 1 卷第 2 期,1930 年)、夏承焘《温飞卿年谱》(《词学季刊》第 1 卷第 4 期,1934 年)《韦端己年谱》(写成于 1934 年)、罗庸《陈子昂年谱》(《国学季刊》第五卷第二号,1935 年)、李嘉言《贾岛年谱》(《清华学报》第 13 卷第 2 期,1941 年)、周庆熙《白乐天评传及其年表》(《国文特刊》第 3 号,1935 年)、郭虚中《白居易评传》(成都正中书局,1936 年版)等等,都是有关诗人生平事迹的重要成果。闻一多《杜甫》(《新月》第一卷第六期,1928 年 8 月 10 日),意在给杜甫作传,可惜文章没有写完,刚刚写到了与李白同游齐鲁就结束了。苏雪林《李义山恋爱事迹考》(北新书局,1928 年版)专门考证李商隐恋爱事迹及相关诗歌创作。张振珮《李义山评传》(安徽省立图书馆编《学风》,1933 年)试图用唯物史观来研究李商隐。都很有特色②。

---

① 陈寅恪:《金明馆丛稿初编》,三联书店,2001 年版,第 313 页。
② 刘学锴:《李商隐诗歌研究》(安徽大学出版社,1998 年版)中"研究史篇"对李商隐研究情况有详细总结,可参看。

第三节　重要诗人评价及诗史描述

揭示诗人创作特点是诗歌研究的重要任务,诗歌史描述是诗人诗歌成就的总体呈现。20世纪上半叶,唐代许多著名诗人受到了学人关注,研究也较为深入,特别是众多文学史,都描绘了唐诗的历史,有的描述已非常清晰和深刻。20世纪唐诗历史描述的大致格局在这一时期已经初步形成。

闻一多的《宫体诗的自赎》(《当代评论》第十期,1941年)堪称一篇杰作。作者以诗人的敏感和才气,对梁陈以来宫体诗发展轨迹做了清晰的描述,对相关一系列诗人和作品做了精妙的评价。虽然闻一多的宫体诗概念有放大之嫌,但他对一系列优秀作品特点的描述非常精彩。其《四杰》(《学生世界》二卷七期,1943年)一文,对初唐四杰性格和创作进行评判,一改古人"露才扬己"的负面评价,给四杰以新的历史定位。其《孟浩然(689—740)》《贾岛(779—843)》二文,对这两个唐代重要诗人的评价也很有新意。

崔宪家《浪漫主义的诗人李白》(《国学丛刊》第1卷第3期,1932年,收入《李白研究论文集》,中华书局,1964年版)一文第一个将"浪漫主义"一词与李白联系起来,使之成为20世纪概括李白诗歌特点时使用频率最高的概念。虽然这一概括今天看来有许多问题,但从中可以看出学人们用西方文学观念来解释唐诗由来已久。李长之1937年写有《李白》一书,1940年、1943年两次修订出版,全名为《清教徒的诗人李白及其痛苦》,以李白学道与从政的思想矛盾为线索,勾勒出李白一生行事轨迹与思想变化脉络。而他的《李白的文艺造诣与谢朓》(《北平晨报·文艺副刊》第16期,1937年4月

16日)是较早全面论述李白与谢朓关系的文章。詹锳《李白〈蜀道难〉本事说》(《学思》第2卷第8期,1942年10月)较早地关注李白《蜀道难》的本事问题,数十年后,这一问题也成了人们聚讼不已的公案。胡小石《李杜诗之比较》(《国学丛刊》第2卷第3期,1924年9月)在唐宋人有关李杜争论的基础上重开话题,成为后来许多学人热议的问题。

杜甫这一时期也受到较多关注。1962年,中华书局编辑出版了《杜甫研究论文集》,收自1922年到1949年发表的22篇有关杜甫的论文,是这一时期研究杜甫的标志性成果。如列为首篇的梁启超的《情圣杜甫》(原载1922年5月28-29日《晨报副镌》),是作者一篇演讲稿,也是一篇奇文,文中集中阐述了杜甫的圣人情怀,反映了作者的高见卓识。郭绍虞《戏为六绝句集解》(《文学年报》第1期,1932年7月)对杜甫的《戏为六绝句》做了深入研究,使后人对这六首诗的解释大体趋于一致。

韩愈这一时期也有人开始关注。朱自清《论"以文为诗"》(《大华日报(济南)》,1947年6月5日)从宋人说韩愈"以文为诗"谈起,纵论历代学者评说韩愈的种种见解,开启了后世学人对韩诗这一特点的研究。

此外,如王维、岑参、元结、韦应物、孟郊、白居易、杜牧、温庭筠、韦庄等诗人也有人论及。

从二三十年代开初,出现了一批综论式的著作,如邵祖平的《唐诗通论》(《学衡》第12期,1922年)、费有容的《唐诗研究》(大东书局,1926年版)、许文玉的《唐诗综论》(北京大学出版部,1929年版)、胡云翼的《唐诗研究》(上海商务印书馆,1933年版)、苏雪林的《唐诗概论》(上海商务印书馆,1934年版)、杨启高的《唐代诗学》

(南京正中书局,1935年版)等。这些著作大都从时段、流派、渊源、作家等角度描述唐诗。同一时期出现的唐代文学概论和文学史类著作当中也包含着诗史成分,如朱炳煦的《唐代文学概论》(上海光华书局,1933年版)、胡朴安和胡怀琛的《唐代文学》(上海商务印书馆,1933年版)、陈子展的《唐代文学史》(重庆作家书屋,1944年版)等。

20世纪上半叶的唐诗史描述大都包含在中国文学史和中国诗歌史著作当中。20世纪以来,新式大学建立,中国文学史成为国文系一门重要课程,为了适应教学需要,人们开始了文学史写作。1904年林传甲《中国文学史》出版,开启了文学史写作的风气。到30年代就出现了20多部文学史,"谢无量、曾毅、顾实、葛尊礼、王梦曾、张之纯、汪剑如、欧阳溥存、蒋鉴璋、谭正璧、胡怀琛、凌独见、周群玉、赵景深、刘麟生、郑振铎、穆济波、胡小石等均有文学史的著述"[①]。这些文学史或详或略,但都对唐代文学有所叙述,都在一定程度上描述了唐代诗歌史。尽管这一时期唐诗研究还很不充分,但勾勒出唐诗发展的大致脉络,对后人进一步研究唐诗有引领作用。下面就列举数种,以见描述之一斑。

胡小石《中国文学史讲稿(上编)》(上海人文出版社,1928年版)对中唐文学时段的划分最有特点。书中将该时段诗歌分为大历、元和与长庆三个阶段。认为"大历诗为盛中唐文学的分水界,以韦应物、刘长卿、大历十才子为代表人物。元和之诗文皆开前古未有之局面,诗与文均以韩愈为代表,主要特点是诗的散文化及以笔代文。长庆之诗文以元、白为代表,他们把诗当成手段,不求格律高,不

[①] 张首映:《谢无量〈中国文学史〉提要》,乔默主编:《中国20世纪文学研究论著提要》,北京大学出版社,1994年版,第4页。

务文字奇,力求通俗易懂,为下层人民说话。著者认为晚唐文学可分四派:第一为功利派,作诗以格律为重,以清奇僻涩为工,大半长于作五律的近体诗;第二为词华派,代表性人物有杜牧,其诗词采华艳,然颇有纵横之气,又有李商隐与温庭筠,文词之胜登峰造极,可称为宫体诗之正宗;第三为元白派,内又分讽谏诗、纪事诗、通俗诗等数支;第四为皮日休、陆龟蒙为代表的诗歌流派,思想受道教影响,作诗取字以韩愈为则"[1]。这些划分虽然不尽合理,但可以看出作者分流析派的良苦用心。

郑振铎《插图本中国文学史》1932年由朴社出版。该书是众多文学史中规模较大的一部,对于唐诗史叙述也最为详尽。书中涉及到了许多小诗人,如初唐的崔湜、崔液、乔知之,盛唐的孙逖、崔国辅、卢象、綦毋潜、崔曙、薛据、贾至、刘眘虚,中唐的秦系、严维、郎士元、包何、包佶、薛涛、刘言史,晚唐的韩偓、吴融、唐彦谦、李山甫、马戴、刘沧、鱼玄机、项斯、朱庆馀、任蕃、陈标、章孝标、李洞、喻凫、李频、周贺、李咸用、来鹏、陈陶、曹邺、罗邺、罗虬、"芳林十哲",五代的成彦雄以及十几位"花间"词人。许多叙述今天看来也很有新意。如把嗣圣到安史之乱这七十年分成两个时期,"第一期是'律诗'的成立时代,也可以名之为沈、宋时代。第二期是'绝诗'与'排律'盛行的时代,也可以称之为开元、天宝时代"[2]。敏锐地看到了这两个时期诗歌创作在体裁选用上的特点。再如说刘希夷"其拓落疏豪的态度,已是李白的一个先驱了"[3],可谓独具慧眼。对杜甫仁爱情怀的

---

[1] 王青:《胡小石〈中国文学史讲稿(上编)〉提要》,乔默主编:《中国20世纪文学研究论著提要》,北京大学出版社,1994年版,第6页。
[2] 郑振铎:《插图版中国文学史》,北京出版社,1998年版,第294—295页。
[3] 郑振铎:《插图版中国文学史》,北京出版社,1998年版,第308页。

描述也很到位:"他究竟是一位心胸广大的热情的诗人,不仅对于自己的骨肉,牵肠挂腹的忆念着,且也还推己以及人,对于一般苦难的人民,无告的弱者,表现出充分的同情来。《茅屋为秋风所破歌》最足以见出这个伟大的精神:'布衾多年冷似铁,娇儿恶卧蹋里裂。床头屋漏无干处,雨脚如麻未断绝。自经丧乱少睡眠,长夜沾湿何由彻?'因了自己的苦难,忽然的发出一个豪念:'安得广厦千万间,大庇天下寒士俱欢颜,风雨不动安如山。呜呼,何时眼前突兀见此屋,吾庐独破受冻死亦足!'天下寒士们如果都有所庇了,自己便'吾庐独破受冻死亦足!'这是甚等的精神呢!释迦、仲尼、耶稣还不是从这等伟大的精神出发的么?"①这里虽然没有使用"诗圣"一词,但对诗圣概念的揭示却异常准确。对韩、白两派风格特点的描述也很有神韵:"要是说韩愈一派的诗,像景物萧索,水落石出的冬天,那么,白居易一派的诗,便要说他是像秋水的泛滥,畅流东驰,顾盼自雄的了。韩愈派的诗是有刺的;白居易派的诗却是圆滚得如小皮球似的,周转溜走,无不如意。韩愈派的诗是刺目涩口的;白居易派的诗,却是爽心悦耳的,连孩子们念来,也会朗朗上口。"②再如对温庭筠诗的评价:"假如我们说李商隐的诗似粉光斑斓的蝴蝶,那么,温庭筠的诗便要算是绮丽腻滑的锦绣或采缎的了。温诗是气魄更大,色调更为鲜明,文彩更为绮靡的东西。他的所述,更不容易令我们明白。他爱用《织锦词》《夜宴谣》《晓仙谣》《舞衣曲》《水仙谣》《照影曲》《晚归曲》等等的题目,而他的诗材便也似题目般的那么繁缛而闪烁。"③这些评价用语精炼而平实,

---

① 郑振铎:《插图版中国文学史》,北京出版社,1998年版,第339页。
② 郑振铎:《插图版中国文学史》,北京出版社,1998年版,第360页。
③ 郑振铎:《插图版中国文学史》,北京出版社,1998年版,第402页。

极其准确地把握住了诗人特点。书中把诗人生平事迹与诗歌特点自然地融为一体,不似后来诗歌史表述时将生平事迹、思想内容、艺术成就、历史地位几个板块进行拼接,形式自由活泼,可读性很强。

陆侃如、冯沅君所著《中国诗史》1931年由大江书铺出版。有人曾经这样评价他们对唐诗历史脉络的描述:"在论及星河灿烂的唐诗时,作者一改初盛中晚的四分法,而直接以安史之乱为界,将唐代诗歌一分为二。初盛唐时期帝后附庸风雅,笼络文人,一如建安黄初或齐梁以后。所以这一时期虽为诗歌的黄金时代,却不如中晚唐时期深刻。在最初的几十年内,王绩与陈子昂反对齐梁遗风,而四杰与沈宋则继承齐梁。但四杰使五律与七古完成,沈宋使七言律绝完成,则是对诗歌形式的贡献。到8世纪上半叶,出现了诗风迥异的两群人——王孟的一群与高岑的一群。他们各自都拥有众多的追随者,因而极大地丰富了当时的诗坛。而雄踞于众人之上,兼擅二者之长的是李白。李白的天才难于以派别来规范,这使他的诗'无施不可',从而把中国诗歌推到了难以企及的高峰。安史乱后,唐室元气大伤,藩镇跋扈,国无宁日。此种社会状况造就了伟大诗人杜甫。杜甫在形式方面注重技巧,在内容方面注重反映民间疾苦。这两个方面各自影响了以韩愈与白居易为代表的两派诗人。韩愈、孟郊、贾岛在技巧上有所探索,但终因社会视野窄狭而成就不大。白居易及元稹、张籍等人缘事而发的讽谕诗却获得了较强的生命力。杜牧、李商隐给唐诗的最后一幕增添了色彩,而皮日休、聂夷中和杜荀鹤则结束了唐诗三百年的光辉历史。"[①]书中对于某些具体诗人的描述则更有

---

① 丁瑞根:《陆侃如、冯沅君〈中国诗史〉提要》,乔默主编:《中国20世纪文学研究论著提要》,北京大学出版社,1994年版,第20页。

细致精彩处。例如对岑参诗歌风格的描述:"就风格方面而论,他是取动不取静,取雄放而不取澹远。"①对李白诗歌成就的评价:"李白兼擅王、孟、高、岑之长——不错,他的确可算一个集大成的诗人。"②话虽不多,却很有概括力。在描述方式上采用教科书体例,常常在章节结尾处归纳几条结论,对重要诗人生平事迹叙述后面,以图表列出诗人生活、创作情况。

刘大杰《中国文学发展史》较为晚出,上卷完成于1939年,下卷完成于1943年,1949年出版。由于强调发展史,因此对于唐代诗歌发展进程的描述比较清晰,基本上奠定了解放后唐诗历史叙述的格局。对一些诗人特点的描述也很精彩。如对王维五言小诗的评价:"五言小诗,因字句过少,在诗体中,最难出色。而王维以过人之笔,在这方面得到了很高的成就。他用二十个字,表现那一霎那的自然现象,无论一块石、一溪水、一枝花、一只鸟,都显现着各自的生命,同作者的生活心境,完全调和融洽。每首诗虽只是在那里表现自然界的景物,而无处不有作者的生活与性格的特征。"③再如对李后主词的评价:"李煜词的艺术特色,具有高度的抒情技巧。他善于构造和锻炼词的语言,形象鲜明,结构缜密,有惊人的表现力。最突出的,是没有书袋气,到了晚期,也没有脂粉气,纯粹用的白描手法,创造出那些人人懂得的通俗语言而同时又是千锤百炼的艺术语言(两者结合得好,是非常难达到的境界),真实而深刻地表现出那最普遍最抽象的离愁别恨的情感,把这些难以捉摸的东西,写得很具体很形象。不

---

① 陆侃如、冯沅君:《中国诗史》,百花文艺出版社,1999年版,第363页。
② 陆侃如、冯沅君:《中国诗史》,百花文艺出版社,1999年版,第374页。
③ 刘大杰:《中国文学发展史》,上海古籍出版社,1982年版,第441页。

仅心里可以感到,眼里也可以看到,几乎手也可以接触到。如'问君能有几多愁?恰似一江春水向东流','离恨恰如春草,更行更远还生'这些句子,在抒情的艺术上,达到了前人所未达到的成就。有他的精炼性的,往往没有他的通俗性;有他的通俗性的,往往没有他的精炼性。他的抒情,是善于概括,富于暗示,感染力强,造境生动,对于周围事物具有特殊的敏感,因而构成一种特有的风格。一方面由于他的文艺修养的深厚,同时由于他亡国以后对苦痛生活的深刻体验,形成了他这种卓越的抒情艺术。"①

第四节　词学研究出现了第一次高潮

20世纪初西学已经东渐,而词学更多地保留了固有传统,许多词学家继续沿用词话形式,如蒋兆兰的《词说》、况周颐的《蕙风词话》、王国维的《人间词话》、陈洵的《海绡翁说词》等。论文式词学文章到了辛亥革命前后才开始出现②。30年代以后论文式批评大量涌现,词话式批评形式基本上被取代。批评观念也随之发生了显著变化。1908年王国维写成《人间词话》,虽然仍以词话形式谈词,但已经加入了西方哲学观念。1934年龙榆生发表了《研究词学之商榷》一文,提出了词学应该研究"声调之学""批评之学""目录之学"等,表明词学如何走向现代化,已是当时学人热议的话题。

词学研究在这一时期有着广泛的社会基础。由于教学需要,从

---

① 刘大杰:《中国文学发展史》,上海古籍出版社,1982年版,第559—560页。
② 如匪石:《与孽子论词书》,《民权素》第四集,1915年1月;古欢:《陈龙川》,《进步杂志》九卷二期,1915年12月。

20年代开始，出现一批讲授词学的著作。如徐敬修《词学常识》（上海大东书局，1925年版）、刘坡公《学词百法》（世界书局，1928年版）、夏敬观《词调溯源》（商务印书馆，1931年版）、梁启勋《词学》（京城印书局，1932年版）、林大椿《词式》（商务印书馆，1934年版）、吴梅《词学通论》（上海商务印书馆，1933年版）、胡云翼《词学ABC》（世界书局，1921年版）、丘琼荪《诗赋词曲概论》（中华书局，1934年版）、谢无量《词学指南》（上海中华书局，1935年版）、任二北《词学研究法》（上海商务印书馆，1935年版）等。这些著作问世表明，词学是人们喜爱的专门之学，在学堂内外都有大量爱好者。

专门刊载词学文章的《词学季刊》也在这一时期问世。该刊由龙榆生主编，1933年6月创刊，1936年9月停刊，共发行4卷15期，由上海民智书局出版。该刊每卷皆为论文集，主要撰稿人都是当时著名词学家，如夏承焘、唐圭璋、赵尊岳、陈锐、卢前、夏敬观、叶恭绰、杨铁夫、潘飞声、杨易霖、钱斐仲、周咏先、张尔田、缪钺、詹安泰等。《词学季刊》出版标志着20世纪词学研究迎来了第一个高潮。

唐五代词总集的编纂取得了巨大成就。刘毓盘的《唐五代宋辽金元名家词集六十种》（北京大学排印本，1925年版）首开先河，继之有王国维的《唐五代二十一家词辑》（六艺书局，1932年版）。1933年林大椿《唐五代词》由商务印书馆出版，收唐五代词1147首，作者81人，虽然没有收录新发现的敦煌词，但已具备了全唐五代词大致规模。

敦煌曲子词的编辑在这一时期取得了一系列成果。有罗振玉辑校《敦煌零拾》（东方学会排印《六经堪丛书》本，1924年版）、刘复辑校《敦煌掇琐》（中央研究院历史语言研究所专刊之二，1925年版）、赵尊岳辑校《唐人写本曲子》（《词学季刊》第1卷第4号，1934年）、周泳先辑校《敦煌词掇》（收入其《唐宋金元词钩沉》，商务印书馆，1937年版）。其中关于《云谣集》的整理有朱祖谋校《云谣集杂曲子》（收入其《彊村丛书》）、龙沐勋校《云谣集杂曲子》（收入其编《彊村遗书》，1933年刊印）、冒广生校《新斠云谣集杂曲子》（《同声》第1卷第9号，1941年）等成果。王重民校辑《敦煌曲子词集》（上海商务印书馆，1950年版）后出转精，该集取舍严格，校定精审，影响深远。

在唐五代词集注释方面，有唐圭璋的《云谣集杂曲子校释》（《中央大学文史哲季刊》1943年第1期）、李冰若《花间集评注》（开明书店，1935年版）、华连圃《花间集注》（商务印书馆，1935年版）。其中李冰若《花间集评注》有校、有注、有评，在评语当中，有作者以"栩庄漫记"名义所作评论，颇有见地，后来治花间词者经常引用。

词的起源是词学研究中首先遇到的问题，许多学人都曾论及。胡适《词的起源》（《清华学报》第1卷第2期，1924年12月）就是较早的一篇。文章对唐代诗人如何从作齐言律诗到长短句的过程做了揭示，并认为这是为了适应乐曲演唱的需要。龙沐勋《词体之演进》（《词学季刊》创刊号，1933年4月）从相关概念和音乐变化入手，详细考察了唐人"依声而制词"过程，是一篇系统阐发词的发生及发展变化过程的文章。夏承焘《令词出于酒令考》（《词学季刊》第3卷第2期，1936年6月）在词的起源研究上更深入一步，对令词与唐人饮宴时所施行酒令之间的渊源关系做了探讨，对词之起源问题的认识更加具体。

这一时期词学某些问题的研究已非常深入。例如龙榆生对词律脱胎近体诗律现象的考察就很有代表性。他在1936年所作的《论平仄四声》一文中列举了白居易的一首《望江南》，温庭筠的一首《望江南》，李后主的一首《相见欢》和一首《浣溪沙》，韦庄的一首《浣溪沙》和一首《谒金门》，冯延巳的一首《谒金门》，后说"其体势之构成，即取五、七言近体诗句法"。又说："迨柳永、周邦彦之徒，究心乐律，而歌词上句法组织，乃渐与近体诗分道扬镳。"①龙榆生还指出了在柳永、周邦彦之前，宋人对词律的改造出现了以近体诗为依归的倾向。其发表于1937年的《令词之声韵组织》分析道："令词创调之多，莫过于《花间》诸作者。句法叶韵之变化，未易殚述。而后来习用之调，则仍以组织近乎近体诗式者为最盛行。故知平仄调谐，利于唇吻，既便于入乐，亦适于吟诵。"②他列举了大量宋人依近体诗律改花间词人小令的例证，说："诸如此类，以五、七言律、绝体势，解散而成令词者，殆不胜枚举。以此知词所依声，虽出于胡夷里巷之曲，而所谓诗客曲子词，鲜不脱胎于近体律、绝者。于以见轻重配合之理，与夫四声平仄之妙用，举凡入乐歌词之和谐美听者，未有不由之以为准则，又非特令词为然也。"③龙榆生揭示了一个重要现象，即在相当长一段时间里，词律以近体诗律为依归，说明近体是诗歌入乐的最佳形式。夏承焘1940年所作的《唐宋词字声之演变》一文也是探讨词的声律问题。

个别词人研究也有许多成果。如唐圭璋在1926年发表的《温韦词之比较》(《东南论衡》第1卷第26期)是20世纪较早比较温韦词特点的文章。1934年其《李后主评传》(《读书顾问（南京）》创刊号)发表，对李后主生平和创作进行全面论述。1936年唐圭璋又写成《南唐二主词汇笺》(正中书局，1936年版)，书中附有《南唐二主年

---

① 龙榆生：《龙榆生词学论文集》，上海古籍出版社，1997年版，第161页。
② 龙榆生：《龙榆生词学论文集》，上海古籍出版社，1997年版，第172页。
③ 龙榆生：《龙榆生词学论文集》，上海古籍出版社，1997年版，第174页。

表》。1943年他又发表了《屈原与李后主》(《时事新报·学灯》，1943年4月)一文，认为屈原与李后主都是伟大的文学家，说："在我国古代文学史上，屈原为最早之大诗人，李后主为后来之大词人，自思想性方面观察，后主自不能与屈原相提并论；但后主词纯以白描手法，直抒内心极度悲痛，其高超之艺术造诣，感染后来无数广大群众，影响后来词学发展，此亦其不朽之处，似未可完全否定也。"①1936年龙榆生发表了《南唐二主词叙论》(《词学季刊》第三卷第二期)一文，对南唐二主的创作也做了深入论述。1935年夏承焘《南唐二主年谱》写成。其《韦端己年谱》(写成于1934年)、《冯正中年谱》(写成于1935年)也作于这一时期。唐圭璋1943年发表的《唐宋两代蜀词》(《文史杂志》第3卷第5、6期)从地域角度对唐五代及宋蜀籍词人做了专门论述。李煜无疑是这一时期受到关注较多的词人，除了唐圭璋以外，有许多人撰文论述。早在20年代，就出现了西谛《李后主词》(《小说月报》第14卷第1号，1923年)等一批论文。

这一时期学人们还开始了词史的写作。胡云翼的《中国词史略》(上海书店，1927年版)、《中国词史大纲》(北新书局，1933年版)、刘毓盘《词史》(上海群众图书公司，1931年版)、王易《词曲史》(神州国光社，1931年版)都出现于这一时期。刘毓盘《词史》按时代先后列11章，每章皆列叙词家小传，并举一二例词以见风格，对词史之脉络、词风形成之原因均未深入分析。王易的《词曲史》基本按历史线索论述了词的起源、确立、发展、成熟、衰落以至复兴的过程。不足之处是多罗列重要作家作品，缺少史的寻绎。胡云翼两部有关词史著作，虽云词史，但仅限于唐宋，叙述也过于简单。吴梅《词学

---

① 唐圭璋：《词学论丛》，上海古籍出版社，1986年版，第922页。

通论》（上海书店，1927年版）第六章论述了唐五代词的大概。这些词史都描述了唐五代词的发展历程，虽然规模不大，观点各异，但勾画出了唐五代词史大致轮廓，功不可没。

第五节　方法上的继承与创新

20世纪上半叶唐诗研究是一个由传统到现代的转型阶段，学人们在吸收西方人文社会科学方法的同时，还保留和发扬了部分固有优良传统，引进和开创了一些新的传统。官方意识形态介入较弱，没有党同伐异的相互排斥，新旧交替并存。在自由开放的学术氛围中，形成了许多有效的研究范式。例如陈寅恪和闻一多，二人都具有良好的中学功底和西学素养，都注重从整个文化背景当中把握文学现象。陈寅恪偏重于传统的"诗史互证"，渊源有自；闻一多直接从时代背景来研究唐诗，无复依傍；陈寅恪论析深沉有力；闻一多议论激切生动，都起到了学术示范作用。

笺证是古人常用方法，如清人钱谦益在注释杜诗时采用"诗史互证"的方法，使杜甫许多诗歌的政治背景得以清晰地展示出来，大大深化了人们对杜诗的理解。陈寅恪在《〈秦中吟〉校笺》和《元白诗笺证稿》中创造性地发挥了这一方法，从更广泛社会背景出发解释诗歌。如《〈秦中吟〉校笺》中"汴路"一词的笺证，就引用了《元和郡县图志》五条材料、《白氏长庆集》一条材料、《李文公集》两条材料、《浣花集》一条材料以及夏承焘、曲滢生两种韦庄年谱。由于作者对唐代文献非常熟悉，做这样工作得心应手，抽丝剥茧，环环相扣，常在不经意当中给人豁然开朗之感。如《元白诗笺证稿》第一篇对《长恨歌》的笺证就从小说文体谈起，谈到了唐德宗"欲以文治粉饰苟安之政局",谈到了古文运动与小说繁荣的关系,最后又回到了当时歌、传并作现象。行文方式看似自由散漫,却处处闪烁着真知灼见。

陈寅恪不仅"以史证诗",而且"以诗证史"。他50年代曾开设"元白诗证史"这样的课程,在课程第一讲中集中阐述了他"以诗证史"的思想。他说:"中国诗虽短,却包含时间、人事、地理三点。……中国诗既有此三特点,故与历史发生关系。唐人孟棨有《本事诗》,宋人计有功亦有《唐诗纪事》,但无系统无组织。《本事诗》只说到一个人、一件事,一首首各自为诗。即使是某人年谱附诗,也不过是把一个人之事记下来而已,对于整个历史关系而言则远不够。"[1]因为"有两点不综合:此诗即一件事与别事不综合,地方空间不综合,于历史上不完备。作者个人与前后之人不综合,作品亦与别人之关系不综合。就白香山之诗而论,综合性尤嫌不够,需作再进一步之研究。综合起来,用一种新方法,将各种诗结合起来,证明一件事。把所有分散的诗集合在一起,于时代人物之关系、地域之所在,按照一个观点去研究,联贯起来可以有以下作用:说明一个时代之关系。纠正一件事之发生及经过。可以补充和纠正历史及记载之不足。最重要是在于纠正。元白诗证史即是利用中国诗之特点来研究历史的方法。……以元白诗证史,一、首先要了解唐朝整体局面情况,然后才能解释。二、历史总是在变动的,看诗犹如看活动电影之变动,需看其前后之变迁。若仅就单单一片材料扩大之则不可,必须看到事物前后的变迁"[2]。这种对历史作综合动态把握的观念和方

---

[1] 唐篔:《元白诗证史第一讲听课笔记片段》,陈寅恪:《讲义及杂稿》,三联书店,2002年版,第483页。
[2] 唐篔:《元白诗证史第一讲听课笔记片段》,陈寅恪:《讲义及杂稿》,三联书店,2002年版,第483—484页。

法至今仍然有效。

闻一多也注意在整个古代文化背景当中去把握文学现象。傅璇琮《〈唐诗杂论〉导读》以他所作《少陵先生年谱会笺》中将音乐、绘画、文献典籍等资料纳入年谱为例说："宋代以来，为杜甫作年谱者不下几十家，但都没有像闻先生这样，把眼光注射于当时的多种文化形态，这种提挈全局、突出文化背景的作法，是我国年谱学的一种创新，也为历史人物研究作出了新的开拓。……他从不孤立地论一个个作家，更不是死守住一二篇作品。他是从整个文化研究着眼，因此对唐诗的发展就能把握大的方面，着力探讨唐诗与唐代社会及整个思想文化的关系，探究唐诗是在什么样的社会环境中发展的，诗人创作的缺点怎样与其生活环境与文化氛围发生密切的联系，等等。总之，他是站在一个新的高度，以历史的眼光，观察和分析唐诗的发展变化，冲破了传统学术方法的某种狭隘性和封闭性。这是闻先生唐诗研究的极可宝贵的思想遗产，是值得我们很好吸取的。"[①]

与陈寅恪的历史还原不同，闻一多总是努力打通古代和现代的联系。他是诗人、学者和民主斗士（朱自清《〈闻一多全集〉序》语），研究中处处折射出他的社会责任感，处处洋溢着诗人的激情。例如他在《宫体诗的自赎》一文对骆宾王的介绍："天生一副侠骨，专喜欢管闲事，打抱不平、杀人报仇、革命，替痴心女子打负心汉。"[②]再如对刘希夷诗歌的描述："感情返到正常状态是宫体诗的又一重大阶段。唯其如此，所以烦躁与紧张都消失了，只剩下一片晶莹的宁静。就在此刻，恋人才变成诗人，憬悟到万象的和谐，与那一水一石一草一木

---

① 闻一多：《唐诗杂论》，上海古籍出版社，1998年版，导读第10—11页。
② 闻一多：《唐诗杂论》，上海古籍出版社，1998年版，第14页。

的神秘的不可抵抗的美……他已从美的暂促性中认识了那玄学家所谓的'永恒'——一个最缥缈,又最实在,令人惊喜,又令人震怖的存在,在他面前一切都变得渺小了,一切都没有了。自然认识了那无上的智慧,就在那彻悟的一刹那间,恋人也就是变成哲人了。……相传刘希夷吟到'今年花落……'二句时,吃一惊,吟到'年年岁岁……'二句又吃一惊。……刘希夷泄漏了天机,论理该遭天谴……所谓泄漏天机者,便是悟到宇宙意识之谓。"[①]描述简直是一种美文。可惜后来唐诗研究大多走向了板滞的程式化路数,失去了文学描述应有的活力和感染力。

这一时期学人们还开启了许多唐诗研究的课题。如陈斠玄《唐人五七绝之研究》(《国学丛刊》第2卷第3期,1924年)开始了对某一体裁的专门研究。分体研究在20世纪之前乃诗评家通常之做法,但以论文形式展开分体研究,此文具有开创意义。再如闻一多《类书与诗》(原载《大公报·文艺副刊》第五十二期,1934年)一文,考察初唐人类书编纂与诗歌创作的关系,增加了从诗人知识准备角度考察诗歌创作这一视角。程千帆在《与徐哲东先生论昌黎〈南山〉诗记》中运用现代登山运动员经验来解释韩诗诗句含义,《王摩诘〈送綦毋潜落第还乡〉诗跋》(二文均收入作者与沈祖棻合著《古代诗歌论丛》,上海文艺联合出版社,1954年版)从科举制度角度来解释诗意,都是尝试着从多学科知识来解释诗歌,很有启发意义。后来所作影响深远的《唐代进士行卷》便是这一方法的延续。

这一时期唐诗研究也深受时代政治思潮的影响。如胡适的《白话文学史》在谈到盛唐诗歌时说:"向来论唐诗的人都不曾明白这个

---

① 闻一多:《唐诗杂论》,上海古籍出版社,1998年版,第16—17页。

重要的区别。他们只会笼统地夸说'盛唐',却不知道开元天宝的诗人与天宝以后的诗人有根本上的不同。开元天宝是盛世,是太平世;故这个时代的文学只是歌舞升平的文学,内容是浪漫的,意境是做作的。八世纪中叶以后的社会是个乱离的社会;故这个时代的文学是呼号愁苦的文学,是痛定思痛的文学,内容是写实的,意境是真实的。"①虽然没有使用"现实主义""浪漫主义"两个词汇,但已经开始用"写实"和"浪漫"这样的概念来区分两种不同诗歌风格。郑振铎《插图本中国文学史》在谈到安史之乱以后诗风变化时也说:"由天际的空想,变到人间的写实。由只有个人的观念,变到知道顾及社会的苦难。由写山水的清音,变到人民的流离痛苦的描状。这岂止是一个小小的改革而已。杜甫便是全般代表了这个伟大的改革运动的。他是这个运动的先锋,也是这个运动的主将。"②这里面已经隐含着阶级分析的观念。写到元代散曲就直接运用了阶级分析的方法:"但可惜他(王和卿)的滑稽和所讽刺的对象都落在可怜的被压迫的阶级以及不全不具的人体之上,并没对统治阶级有过什么攻击。所以他的成就并不高。"③解放后随着对知识分子社会主义改造活动的深入,阶级分析学说得到广泛运用,逐渐形成以人民性为内容标准,以现实主义、浪漫主义为艺术标准的单一评价体系。这一局面固然是官方意识形态强力介入的结果,但在学术自身发展上也是渊源有自的。

---

① 胡适:《白话文学史》,百花文艺出版社,2002年版,第192页。
② 郑振铎:《插图本中国文学史》,北京出版社,1999年版,第336页。
③ 郑振铎:《插图本中国文学史》,北京出版社,1999年版,第744页。

第二章 20世纪50年代到70年代的唐代诗歌研究

1951年到1980年,大陆唐诗研究被高度意识形态化,催生出了单一的价值评判体系。但这一时期也取得了一些成绩,这些成绩集中出现在50年代末和70年代末。原因是新中国成立后,经过几年酝酿积累,到50年代末出现了一批学术成果,而1976年文革结束,学术研究环境有了巨大改善,也出现了一批学术成果。

第一节 文献整理工作全面展开

20世纪上半叶有关唐代诗歌文献整理工作集中在几点上,50年代到70年代,文献整理工作已呈现出全面展开的局面,总集、别集、选集、书目提要以及一些专题性的整理工作都得以开展。这是这一时期唐诗研究的一项重要成绩。

1957年,李嘉言发表了《全唐诗校读法》《改编全唐诗草案》(收入其《古诗初探》,上海古典文学出版社,1957年版),上承其师闻一多《全唐诗校读举例》,提出了整理《全唐诗》的具体方案。1960年王仲闻、傅璇琮点校《全唐诗》由中华书局出版,成为此后几十年《全唐诗》通用版本。1958年中国舞蹈艺术研究会舞蹈史研究组编写的《全唐诗中的乐舞资料》(人民音乐出版社)出版。这是对《全唐诗》

的专题加工，不仅为研究唐代音乐史提供了方便，也为人们从音乐角度研究唐诗提供了便利。

1955年任二北《敦煌曲校录》（上海文艺联合出版社）出版。作者不同意王重民《敦煌曲子词集》收录标准，力图把所有他认为敦煌所存唐代歌词汇成一编，规模大大超过了王集，由161首增至545首。后来作者又不断增补，到1987年上海古籍出版社所出《敦煌歌辞总编》，已经达到了1300多首。这是唐五代诗歌总集编纂方面的一项重要成果。

唐五代诗人别集叙录也取得了进展。例如1958年王重民出版的《敦煌古籍叙录》（商务印书馆），涉及许多唐代诗人别集、选集和个别诗篇，如《王梵志诗》《东皋子集》《高适诗集》《陈子昂遗集》《白香山诗集》《甘棠集》《唐人选唐诗》及李峤《杂咏》、韦庄《秦妇吟》等，为人们进一步研究这些诗集提供了重要线索。1980年万曼《唐集叙录》（中华书局）出版，这是专门研究唐代作家别集的目录学著作，共包括唐人诗集、文集、诗文合集108家。书中对这些别集作者、书名、卷数、成书年代、编辑者、刊刻者、收藏以及该集在唐后流传情况，都做了详尽介绍。1977年台湾学者王梦鸥出版的《初唐诗学著述考》（台北商务印书馆）是诗学整理的专门著作。

这一时期出现了大量诗人别集点校本。如徐明霞点校的《卢照邻集　杨炯集》（中华书局，1980年版）、中华书局上海编辑所编辑的《骆临海集笺注》（中华书局，1961年版）、徐鹏校补的《陈子昂集》（中华书局，1960年版）、叶葱奇点校的《王右丞集笺注》（中华书局，1961年版）、中华书局标点的《李太白全集》（中华书局，1977年版）、王志庚点校的《读杜心解》（中华书局，1961年版）、张慧剑点校的

《读杜诗说》(中华书局,1962年版)、中华书局上海编辑所点校的《杜诗镜铨》(中华书局,1962年版)、《杜臆》(中华书局,1963年版)、《杜诗详注》(中华书局,1979年版)、孙望校订的《元次山集》(中华书局,1963年版)、华忱之校订的《孟东野诗集》(人民文学出版社,1959年版)、吴文治校点的《柳宗元集》(中华书局,1979年版)、顾学颉校点的《白居易集》(中华书局,1979年版)、中华书局上海编辑所编辑的《张籍诗集》《王建诗集》《聂夷中诗 杜荀鹤诗》(中华书局,1959年版)、陈允吉点校的《樊川文集》(上海古籍出版社,1978年版)、顾易生与蒋凡校点的《玉溪生诗集笺注》(上海古籍出版社,1979年版)、王国安点校的《温飞卿诗集笺注》(上海古籍出版社,1980年版)、《杜荀鹤文集》(上海古籍出版社,1980年版)、向宗迪校订的《韦庄集》(人民文学出版社,1958年版)、王仲闻校订的《南唐二主词校订》(人民文学出版社,1957年版)、詹安泰的《李璟李煜词》(人民文学出版社,1958年版)、《张承吉文集》(上海古籍出版社,1979年版)、李一氓《花间集校》(人民文学出版社,1958年版),等等。中华书局上海编辑所编辑的《唐人选唐诗(十种)》(中华书局,1958年版)、台湾学者萧继宗的《花间集》(台湾学生书局,1977年版),虽是总集,但也是研究唐五代诗歌的重要文献。与唐诗研究相关著作的校点还有中华书局上海编辑所编的《唐诗纪事》(中华书局,1965年版),周维德点校的《文镜秘府论》(人民文学出版社,1975年版)等。

这一时期注释本不多。1959年出版的叶葱奇的《李贺诗集》(人民文学出版社)斟酌前人旧注,径陈自己见解,是有关李贺诗歌注释较好的一个本子。1980年出版的瞿蜕园、朱金城的《李白集校注》(上海古籍出版社)纠正了清人王琦注本的许多错误,且多有发明。代表着这一时期古籍整理最高水平的是1957出版的钱仲联的《韩昌黎诗系年集释》（上海古典文学出版社）。该书集校、笺、注、评、系年为一体，多有心得，新见迭出，是当时韩诗笺注集大成之作。

出于唐诗普及需要，这一时期出现了大量唐诗选注本，且集中在李、杜、白三家。如舒芜《李白诗选》（人民文学出版社，1954年版）、冯至编选及浦江清与吴天五合注《杜甫诗选》（作家出版社，1956年版）、苏仲翔《李杜诗选》（上海古典文学出版社，1957年版）、《元白诗选》（上海古典文学出版社，1957年版）、复旦大学中文系古典文学教研室《李白诗选》（人民文学出版社，1961年版）、顾肇仓（顾学颉）与周汝昌《白居易诗选》（作家出版社，1962年版）、萧涤非《杜甫诗选注》（作家出版社，1979年版）、山东大学中文系古典文学教研室《杜甫诗选》（人民文学出版社，1980年版）、王汝弼《白居易选集》（上海古籍出版社，1980年版）等。除了李、杜、白三家，还出现了陈贻焮《王维诗选》（人民文学出版社，1959年版）、缪钺《杜牧诗选》（人民文学出版社，1957年版）、刘学锴与余恕诚《李商隐诗选》（人民文学出版社，1978年版）、聂文郁《王勃诗解》（青海人民出版社，1980年版）、《刘禹锡诗文选注》组《刘禹锡诗文选注》（江苏人民出版社，1980年版）等选注本，这些注本对引导广大学人关注唐代除了李、杜、白以外其他诗人起到了一定作用。

总集选注本要数马茂元的《唐诗选》（人民文学出版社，1960年版）和中国科学院文学研究所《唐诗选》（人民文学出版社，1978年版）最有代表性。前者选注唐诗500余首，后者选注唐诗630多首，都影响很大。金性尧《唐诗三百首新注》（上海古籍出版社，1980年版）、陶今雁《唐诗三百首详注》（江西人民出版社，1980年版）是对孙洙选《唐诗三百首》的注释,而武汉大学中文系古典文学教研室的《新选唐诗三百首》(人民文学出版社,1980年版)则是新选新注。夏承焘与盛静霞《唐宋词选》(中国青年出版社,1959年版)、胡云翼《唐宋词一百首》(中华书局,1961年版)包含唐五代词部分。其他如郭绍虞的《杜甫戏为六绝句集解》(人民文学出版社,1978年版)、徐澄宇的《张王乐府》(上海古典文学出版社,1957年版),蔡启伦的《唐代绝句选》(山东人民出版社,1979年版)则是对某一类唐诗的注释。

这一时期还出现了唐诗翻译本。如傅庚生《杜诗散绎》(东风文艺出版社,1959年版)、霍松林《白居易诗选译》(百花文艺出版社,1959年版)、高嵩《李白杜甫诗选译》(宁夏人民出版社,1980年版)就是对杜甫、白居易两家诗的白话翻译。赏析类著作也开始出现。如刘逸生《唐诗小札》(广东人民出版社,1961年版),选取了50多首唐诗进行解说。香港邓中龙1966年出版的《唐诗偶释》(华丰出版印务公司),是香港60年代惟一一本唐诗选注,实际上也是赏析汇编。此外如张燕瑾《唐诗选析》(天津人民出版社,1979年版)、姚奠中等的《唐代绝句选注析》(山西人民出版社,1980年版)等,都是这类著作。特别是夏承焘《唐宋词欣赏》(百花文艺出版社,1980年版),明确以"欣赏"作为书名。这一时期台湾学者也出现了唐诗分析类著作。如萧继宗的《孟浩然诗说》(台湾商务印书馆,1969年版),就包含校注、集评和解说,其中以解说为主。

由于注释的需要,这一时期还出现了专门研究唐五代诗歌注释的论著。如杨公骥《唐代民歌考释及变文考论》(吉林人民出版社,1962年版)从刘半农《敦煌掇琐》选出28篇,利用唐代多种文献进行注释和考证。徐仁甫《杜诗注解商榷》(中华书局,1979年版)依仇注杜诗卷次,对各家注杜当中一些问题进行辨析,旁征博引,多有发明。殷孟伦、袁世硕《杜诗名篇中几个词语的训释问题》(《文史哲》1979年第2期),对杜诗中"葵藿""顾惟蝼蚁辈""畜眼""'一去紫台连朔漠'之'连'字""来如雷霆收震怒"等词语进行解释,都很有新意。

资料汇编类工作也始于这一时期。如华文轩编《古典文学研究资料汇编·杜甫卷(上编:唐宋之部)》(中华书局,1964年版)、陈友琴编的《古典文学研究资料汇编·白居易卷》(中华书局,1962年版)、吴文治编的《古典文学研究资料汇编·柳宗元卷》(中华书局,1964年版)、台湾学者谭黎宗慕编的《杜牧研究资料汇编》(台北艺文印书馆,1972年版),都属于这类著作。

第二节　诗人生平事迹考证有了新进展

这一时期在诗人生平考证方面出现的成果首推岑仲勉的《唐人行第录》,这是考证唐代诗人姓、名、字、号、行第的一部力作。该成果写作始于抗战之前,大部分作于1938年,后来搁置了20多年,至1962年方整理出版。作者自序云:"抗战前攻唐史,见唐人诗文喜以行第相称,苦于记忆,则取其常见者笔之别纸。一九三八年入滇,维时研究所图书在途,供读者只随身零本,八、九月间在昆明青云街靛花巷初与陈寅恪兄见面,渠询余近状,余以拟辑唐人行第录对。部署稍定,历览全唐诗、文两大巨帙,有见必录,资料已得什九。"[①]由于资

---

① 岑仲勉:《唐人行第录(外三种)》,中华书局,2004年版,第3页。

料主要来自《全唐诗》和《全唐文》,所以考证对象很多为诗人。如云:"又孟十二郊,字东野,《旧》一〇六、《新》一七六有传。《全诗》五函陆长源《酬孟十二新居见寄》诗有'去岁登美第'句,陆复有《乐府答孟东野戏赠》《答东野夷门雪》二诗,则孟十二无疑为郊也。郊诗题为《夷门雪赠主人》。"①

这一时期出现的另一部具有标志性意义的著作是傅璇琮《唐代诗人丛考》(中华书局,1980年版)。全书共收27篇文章,考证了唐高宗至唐德宗年间32位诗人的活动情况。具体是杨炯、杜审言、王翰、王湾、王之涣、崔颢、常建、李颀、王昌龄、高适、贾至、张谓、张继、李嘉祐、刘长卿、韦应物、刘方平、戎昱、戴叔伦、顾况、皇甫冉、皇甫曾、钱起、韩翃、卢纶、吉中孚、苗发、崔峒、夏侯审、耿湋、司空曙、李端等人。该书意义有三:一、以往学人作事迹考证,多把目光集中在少数大诗人身上,该著作对一大批二流诗人生平事迹做了详细考证,尤其是对大历诗人活动情况的系列考证,大大提高了对唐代诗人活动描述的清晰度。二、从唐诗发展史高度来考察诗人活动情况,而不是孤立地考察诗人活动,从而给诗人活动以更加准确的评价。如对王湾《次北固山下》在新旧诗风交替过程中所发挥作用的论述就很有意义。三、著作很好地把传统文献考据方法继承过来,对于50年代以来尤其是文革当中形成的空洞理论批评之风有很好的纠正作用。

其他人也有一些生平事迹的论著。如陈贻焮《王维生平事迹初探》(刊于1968年5月《文学遗产》增刊第6辑,收入作者《唐诗论丛》,湖南人民出版社,1980年版)《孟浩然事迹考辨》(刊于《文史》

---

① 岑仲勉:《唐人行第录(外三种)》,中华书局,2004年版,第68页。

1965年6月第4辑，收入作者《唐诗论丛》，湖南人民出版社，1980年版）。后文就"涧南园和鹿门山""乡里亲友和张子容""入京赴举和吴越之游""'还山'以后及其他"等几个问题对孟浩然事迹进行详细辨析。二文对后人继续探讨王维、孟浩然生平事迹具有引导作用。谭优学《孟浩然行止考实》（《西南师院学报》1978年第1期）也对孟浩然一系列重要行止做了考证。詹锳《李白诗论丛》（作家出版社，1957年版）和《李白诗文系年》（作家出版社，1958年版）当中有关李白家世、生平的一系列文章，是这一时期考证李白生平事迹的重要成果，李白生平事迹许多问题得以发明。另外稗山（刘拜山）《李白两次入长安辨》（《中华文史论丛》1962年第2辑）针对前人李白一入长安的成说提出异议，也开启后人关于李白几入长安争论的先声。1971年郭沫若出版了《李白与杜甫》（人民文学出版社，1971年版）一书，书中提出李白出生于中亚碎叶城，引发学术界积极反响，多数学人表示认同。

这一时期还出现了一批颇有学术含量的年谱。如四川省文史研究馆编写的《杜甫年谱》（四川人民出版社，1958年版）就是有关杜甫生平事迹的重要著作。孙望《元次山年谱》，1935年刊于《金陵大学文学院季刊》上，1957年修订后由上海古典文学出版社出版。年谱不仅仔细地考察了元结生平事迹，而且充分肯定了元结对中唐诗歌的开启作用。卞孝萱《元稹年谱》（齐鲁书社，1980年版），较台湾薛凤生编著的《元稹年谱》（台湾学生书局，1977年版）和日本花房英树编著的《元稹年谱》（汇文堂，1977年版）细致很多，对元稹生平和创作也多有发明。卞孝萱《刘禹锡年谱》（中华书局，1963年版）对于刘禹锡生平事迹多有发明。缪钺则在其旧著《杜牧年谱》基础上写成《杜牧传》（人民文学出版社，1977年版),对杜牧生平事迹做了较详细的描述。夏承焘《月轮山词论集》(中华书局,1979年版)外编所收的《据〈白氏长庆集〉考唐代长安曲江池》,并附有《唐代诗人长安事迹图》,从历史地理角度描述诗人活动情况,很有新意。

第三节　词学研究呈现冷热不均的局面

20世纪50年代到70年代,唐五代词研究也取得了一系列成果。但相对于30年代和八九十年代,这一时期大陆唐五代词研究处在低谷状态,成果并不多见。夏承焘、吴熊和《怎样读唐宋词》(浙江人民出版社,1957年版)《读词常识》(中华书局,1962年版)属于词学普及读物。唐圭璋、潘君昭合作《论温韦词》(《南京师院学报》1962年第1期)在唐圭璋20年代所作《温韦词之比较》之后,继续探讨温韦词特点。《论李煜的后期词》(《江海学刊》1962年第1期)在极左年代为李煜词价值进行辩护。如云:"通过以上的述评,可以看出李煜后期词的社会意义是很小的,但其艺术价值却不应忽视;这些词的表现技巧,如语言运用和结构艺术等等,从文学史发展的角度来看,是有助于词这一新文体的成长的,而从文体发展的角度来看,又有助于两宋许多词人的艺术风格的形成。所以,对于他的这些作品进行艺术上的研究探讨,还是很有必要的。"[①]《论词的起源》(《南京师院学报》1978年第1期)重新探讨词的起源问题,认为唐代文人词出现时间应该在初唐晚期。詹安泰《李璟李煜词》(人民文学出版社,1958年版)、《温词管窥》(香港大公报《艺林》1962年7月29日,

---

① 唐圭璋、潘君昭:《唐宋词学论集》,齐鲁书社,1985年版,第48—49页。

8月25日)《孙光宪词的艺术特色》(香港大公报《艺林》1964年5月3日)《冯延巳词的艺术风格》(香港大公报《艺林》1965年2月14日,2月21日)也是这一时期唐五代词的研究成果。

改革开放以后,俞平伯《唐宋词选释》(人民文学出版社,1979年版)出版。书中选取包括敦煌曲子词在内的唐五代词76首,在注释词语当中加入了对词的理解,尤其是选取前人成句和后人评价,丰富了读者对词的认识。温广义《唐宋词常用语释例》(内蒙古人民出版社,1978年版)是词作阅读的辅助读物。龙榆生《词曲概论》(上海古籍出版社,1980年版)属于词学理论建构的著作。其中上编第二章"唐代民间词和诗人的尝试写作",第三章"令词在五代北宋间的发展",论及唐五代词。

总的说来,这一时期大陆学者因受批评标准单一化影响,成果不多,而同一时期台湾学者研究上却取得了丰硕成果。如郑骞《词曲的特质》(《中国文化论集》第1辑,1953年版)、《温庭筠、韦庄与词的创始》(《文学杂志》4卷1期,1958年3月)、《论冯延巳词》(原载《景午丛编·上编》,1972年)是台湾较早论述了温、韦、冯词的论文,对这些词人历史地位做了清楚揭示。关于词的起源问题,虽然二三十年代已经有许多学者论及,但1967年发表的台静农《从"选词以配乐"与"由乐以定词"看词的形成》(《现代文学》第33期,1967年12月)一文,是阐述词之起源的最明快的一篇论文。有关李白《菩萨蛮》词真伪一直是词学研究中的老问题,清人就多有论及。台湾学者张琬《〈菩萨蛮〉及其相关之诸问题(上中下)》(《大陆杂志》30卷1—3期,1960年1、2月)一文从意象重合上证明李白写作《菩萨蛮》的真实性,方法新颖独特,结论也很有说服力。类似文章大陆2000年左右才出现。

叶嘉莹《从〈人间词话〉看温韦冯李四家词的风格——兼论晚唐五代时期词在意境上的拓展》(原载《纯文学》5卷5期、6卷2—3期,1969年5、8、9月)是一篇论述晚唐五代词的重要文章。文章揭示出温、韦、冯、李四家词特点及其在词境拓展上的贡献,是继郑骞之后对晚唐五代词发展脉络的清晰描述。如云:"由温庭筠之不具个性的艳歌,到韦庄的个性鲜明的情诗,再转而为冯延巳的伊郁惝恍的意境,也正是历史之演进与个人之才质相结合所产生的必然结果。"[1]

这一时期台湾学者还写出了专论晚唐五代词的著作。如张以仁的《〈花间〉词论集》(台湾学生书局,1977年版)专门论述《花间集》。蒋励材《李后主词传总集》(国立编译馆中华丛书编审委员会,1962年版)、刘维崇《李后主评传》(黎明文化事业公司,1978年版)、唐文德《李后主词创作艺术的研究》(光启出版社,1975年版)专门论述李煜。此外如林文宝《冯延巳研究》(嘉新水泥公司文化基金会,1974年版),潘重规《敦煌〈云谣集〉新书》(石门图书公司,1977年版)、林玫仪《敦煌曲研究》(台湾大学中文所硕士论文,1974年)都是论述唐五代词的专著。其中陈弘治《唐五代词研究》(文津出版社,1980年版),从词体、词家角度对唐五代词做了专门研究,是较早一部全面研究唐五代词的专著。这些成果表明,这一时期台湾学者唐五代词研究,总体上领先于大陆学者。

这一时期香港学者饶宗颐《词集考》(香港大学出版社,1963年版)出版,对唐五代词集一一进行考证,是研究唐五代词集的必读书目。

---

[1] 叶嘉莹:《迦陵论词丛稿》,上海古籍出版社,1980年版,第360页。

第四节　单一评价体系的形成

这一时期除了李白、杜甫、白居易继续成为学人关注重点以外，像陈子昂、王维、孟浩然、李贺、李商隐等人都受到了学人较多的关注。但这一时期只有少数论著能保持对诗人进行较为全面的评价，多数论著将诗人纳入单一评价体系，形成了20世纪唐诗研究的一道特殊景观。

1961年出版的刘开扬《唐诗论文集》（中华书局），论述初唐四杰、孟浩然、岑参、高适、孟郊、李商隐等主要诗人。同年刘大杰发表了《论陈子昂的文学精神——纪念陈子昂诞生一千三百周年》（《文汇报》，1961年3月8日）一文，全面地论述了陈子昂这位盛唐时代开启者的地位和作用，进一步明确了陈子昂作为盛唐文学的先驱地位。

20世纪上半叶，王维、孟浩然的地位没有得到应有重视，解放以后受到现实主义价值评判体系的局限，很少有人研究王维、孟浩然。只有王达津《孟浩然的生平和他的诗》（《南开大学学报》1964年第2期）等少数文章论及孟浩然。而陈贻焮《唐诗论丛》（湖南人民出版社，1980年版）中所收有关孟浩然三篇文章《孟浩然事迹考辨》《谈孟浩然的"隐逸"》《孟浩然诗选后记》，有关王维五篇文章《山水诗人王维》《王维生平事迹初探》《王维的政治生活和他的思想》《论王维的诗》《王维的山水诗》，大都作于五六十年代，是这一时期出现的集中论述王孟的成果。加上作者编有《王维诗选》（人民文学出版社，1959年版），使更多学人开始关注这两位重要诗人。在整个文学批评价值走向单一化的年代，陈贻焮采取迂回策略，强调他们所作山水田园诗歌颂了祖国的山水田园,同样应该肯定,这就给这两位盛唐著名诗人争得了研究上的一席之地。香港学者庄申的《王维研究》(香港万有图书公司,1971年版)集中探讨了王维的生平事迹和诗歌与绘画的关系,也是这一时期香港王维研究的一部重要论著。

李白仍然是学界研究的热点。1954年王瑶《李白》由华东人民出版社出版。这是一部人物传记普及读物。全书分"人民热爱的诗人""蜀中生活""仗剑远游""长安三年""李、杜友谊""十载漫游""从璘与释归""凄凉的暮年""诗歌的艺术成就"等章。开始使用人民性来评价李白。同年林庚《诗人李白》由上海文艺联合出版社出版,颇受欢迎。到1958年2月,共印行7次,印数累计达61000册。该书最大特点是挖掘李白身上表现出来的"布衣感",把李白从"诗仙"位置上拉了下来。这是一千多年来对李白评价的一个重大转变。这一评价虽然带有时代思潮的印记,但作者本意不是在强调阶级斗争,而是阐发布衣阶层对皇权的制约作用。这一评价得到了许多学者的认可,同时也受到了主张单一评价体系者的高调质疑。书以诗一样的语言描述李白的性格和艺术特点,颇有穿透力。如云"太阳般鲜明的形象""盛唐解放的爽朗的风格"等等。王运熙等著《李白研究》(上海古籍出版社,1979年版)也论述了李白的生平思想、诗歌内容、艺术特色、浪漫精神、艺术来源等各个方面。

詹锳是李白研究专家,这一时期写下了一系列颇有分量的文章。如《李白诗论丛》(作家出版社,1957年版)中关于李白《蜀道难》本事考证,就很见功力。他认为该诗是李白秦中送友人入蜀所作,驳斥了历史上所谓刺章仇兼琼、刺严武、刺玄宗三说。这一话题80年代以后又引起了热烈争论。论述《菩萨蛮》《忆秦娥》真伪的文章,也引起了后来学术界广泛争论。书中依郭茂倩《乐府诗集》对乐府诗所做分类,重新考察了李白乐府诗的继承与革新,是较早地从乐府学意义上考察李白乐府的一篇论文。

此外如吴企明《李白〈清平调〉词三首辨伪》一文认为:"韦叡《松窗录》载李白撰《清平调》词一事,谬背史实、乐理,事伪,词亦伪。《清平调》三首,出自小说家韦叡之手,假名李白,根本不是李白的作品。"①常秀峰、何庆善、沈晖编著《李白在安徽》(安徽人民出版社,1980年版),详细考察了李白在安徽所作诗歌,结合当地地理情况,对以往诗歌注释多有纠正,对于认识李白晚年诗歌创作很有帮助。

杜甫也是受到关注较多的诗人。冯至《杜甫传》1952年由人民文学出版社出版。作者以诗人的敏感为杜甫作传,既有学术价值,又很有文采。1961年末,在瑞典斯德哥尔摩举行的世界和平理事会主席团会议上,杜甫被列为1962年纪念的世界文化名人之一,杜甫因此受到了更多学人的关注。但这一时期用阶级分析方法来论杜甫的论著也多了起来。如刘开扬《杜甫》(中华书局,1961年版)是一部三万多字的普及性读物,将杜甫作为一个政治诗人来描述。稍好一点的是缪钺《杜甫》(四川人民出版社,1961年版),也使用了人民性、爱国主义等概念来评价杜甫。直到改革开放以后,这种局面才逐渐扭转过来。同一时期研究杜甫的成果如金启华《杜甫诗论集》(吉林人民出版社,1979年版),收录作者40年来研究杜甫的12篇文章,多方面探讨了杜甫的思想性格、艺术成就及其在文学史上的地位。夏承焘《月轮山词论集》(中华书局,1979年版)外编4篇评论杜甫的文章《论杜甫入蜀以后的绝句》《杜甫与高适》《杜诗论丛》《评黄彻〈碧溪诗话〉之论杜诗》,不乏深入之见。曾枣庄《杜甫在四川》

---

① 吴启明:《李白〈清平调〉词三首辨伪》,《文学遗产》1980年第3期。

(四川人民出版社,1980年版)全面考察了杜甫在四川的生活和创作情况,较前人明显细致和深入。

这一时期台湾的杜甫研究也取得了一系列成果。如刘中和《杜诗研究》(台北益智书局,1968年版)、叶嘉莹《论杜甫七律之演进及其承前启后之成就》(《大陆杂志》第31卷1—4期,1965年1—4月)、张梦机《杜甫变体七绝的特色》(原载《思斋说诗》,华正书局,1977年版)、叶嘉莹《杜甫秋兴八首集说》(国立编译馆中华丛书编审委员会,1966年版)等论著,都是研究杜甫的重要成果。香港学者曾克耑《杜甫与李白》(香港《文学世界》第18期,1957年)从十三个方面论述李白不如杜甫,涉及到内容和形式的方方面面。饶宗颐《论杜甫夔州诗》(日本京都《京都大学·中国文学报》第17册,1962年)对杜甫夔州诗做了深入细致的分析,时有新见。

白居易研究也是这一时期的热点。王拾遗《白居易研究》1954年由上海文艺出版社出版。书中对白居易的生平、思想、创作展开全面研究。苏仲翔《白居易传论》(上海文艺联合出版社,1955年版)、范宁《白居易》(上海新知识出版社,1955年版)均从人民性、现实主义出发来研究白居易的生活和创作。万曼《白居易传》(湖北人民出版社,1956年版)对白居易生平叙述用力最多,收效也最多,较少阶级论分析,在这一时期难得一见。褚斌杰《白居易评传》(作家出版社,1957年版)称白居易为伟大诗人。其中有关白居易《长恨歌》主题复杂性的探讨引起了后来许多学者的争论。陈友琴《温故集》(中华书局,1959年版)主要论白居易,同时作者还有《白居易》(中华书局,1961年版)一书出版。

刘禹锡在这一时期也得到了学人较多关注。如萧涤非《唐代法家诗人刘禹锡》(《文史哲》1975年第1期)是评法批儒的特殊年代的特殊论文,可作为那个时代文学研究的一个标本。卞孝萱、吴汝煜《刘禹锡》全面地论述了刘禹锡的生平和创作。这一时期学人对李贺关注不多。台湾学者黄永武《透视李贺诗中的鬼神世界》(《书评书目》第70期,1979年2月)从心理、生命感上对李贺诗歌多写鬼神意象的特点做了深入解读。台湾学者谢锦桂毓的《杜牧研究》(台北商务印书馆,1976年版),是这一时期出版的有关唐代诗人研究的重要著作。

台湾学者似乎更早展开了李商隐的研究,这一时期出现一系列专著。如顾翊群《李商隐批评》(台北中华诗苑,1958年版)、张淑香《李义山诗析论》(台北艺文印书馆,1974年版)等。后者分析李商隐诗的意象,指出李诗追求"以华丽写忧愁的美感",类似爱伦坡"忧伤与美结合,才是最富有诗的气氛"[①],分析深入而新鲜。大陆学者刘学锴、余恕诚《李商隐》(中华书局,1980年版)第一次全面论述李商隐,正式拉开了大陆此后二十多年研究李商隐热潮的序幕。

此外如郭绍虞《诗品集解》(人民文学出版社,1963年版)、祖保泉《司空图诗品解说》(安徽人民出版社,1964年版),对司空图的《二十四诗品》展开了深入细致的研究。

香港唐诗研究在这一时期也取得了许多成绩。如1960年《文学世界》杂志社组稿的两辑《唐诗研究专号》,第一辑收录文章有黄天石《唐诗的特质》、饶宗颐《杜甫与唐诗》、陈荆鸿《浪漫旷放的李白》、劳思光《论孟浩然诗》、王韶生《王维诗研究》、冒季美《白居易其人其诗》、严南方《元稹诗评议》、曾克端《李商隐诗及其风节》、徐

---

① 傅璇琮、罗联添主编:《唐代文学研究论著集成》第7卷,三秦出版社,2004年版,第199页。

亮之《温庭筠的生平和诗歌》。第二辑收录有李素《唐代女诗人总评》、李栩厂《论韩愈诗》、郑水心《陈子昂诗评价》、岳骞《高适之生平与作品》、金达凯《杜牧诗歌概论》、邓中龙《韩偓诗浅论》、郑春霆《韦应物诗概述》、李建丰《诗家天子——王昌龄》、黄天石《孟郊贾岛诗合论》。尽管有些题目流于表面,但文章关注诗人面较广,价值评判也没有政治化倾向。

周祖譔《隋唐五代文学史》(福建人民出版社,1958年版)全面描述了隋唐五代文学史。其叙述是按照初唐、盛唐、中唐、晚唐、五代五个时段来进行。书中对陈子昂、元结、韦应物、李贺、贾岛等人在诗歌史上的特别地位给予了关注。书中不乏真知灼见,如对"郊寒岛瘦"形成社会原因的分析、晚唐进士集团放浪生活对诗风转变的影响的分析等等。晚一年出版的王士菁《唐代诗歌》(人民文学出版社)是解放后第一部唐诗史,书中已经开始使用现实主义和人民性的批评框架,把政治批判引入诗歌批评。

这一时期最有影响的文学史是中国科学院文学研究所编《中国文学史》和游国恩等人编写的《中国文学史》。两部文学史因被长期作为大学中文系古代文学课程的教材,对唐诗史的叙述也产生了深远的影响。连台湾高校的中国文学史讲述也以这两部文学史叙述为归依。两部文学史最大特点是全面体现了解放后主流意识形态,以人民性作为评价内容标准,以现实主义、浪漫主义作为评价艺术标准,单一化评价体系被彻底贯彻到文学史叙述当中。以往不被重视的诗歌现象得到了特别强调。如杜甫的"三吏""三别",元白的新乐府创作,因暗合现实主义写作方法,体现了诗人哀悯民生的情怀,被作为诗歌史重头戏来叙述。但是由于编写者都是研究唐诗的专家,在具体叙述中也有对诗人较为客观的描述,反映了那个时代唐诗研究的最新进展。"山水田园诗派""边塞诗派"和"浪漫主义诗人李白""现实主义诗人杜甫""新乐府运动"这些唐代诗歌史上的重要概念，在这一时期被确定下来。

这一时期在批评体系单一化之外，唐诗研究也开拓出一些新的视野。如林庚《略谈唐诗的语言》(《文学评论》1964年第1期)从"诗歌语言的诗化过程""生活的语言与语言的典型化"两个角度论述了唐诗语言"深入浅出"的特点。傅庚生的《说唐诗的醇美》(《光明日报》，1962年2月25日)，则本着严羽"兴趣说"，专论唐诗韵味，对后人探讨唐诗艺术奥秘有开启作用。到1978年，王运熙《略谈唐诗的比兴》(《上海文艺》1978年第1期)，宛敏灏《漫谈唐诗的比兴》(《安徽师范大学学报》1978年第1期)两篇文章几乎同时谈唐诗艺术问题，开启了唐诗研究的新视角。从科举角度来研究文学，早在鲁迅的《中国小说史略》中就已经注意到了。其好友台静农在台湾大学讲授文学史时更是把科举当作唐代文学繁荣的原因。70年代初台湾大学硕士毕业生罗龙治的硕士论文《进士科与唐代的文学社会》(台湾大学文学院，1971年)还具体研究了这一课题。而大陆开启这一课题研究的则是程千帆的《唐代进士行卷与文学》一书。该书1980年由上海古籍出版社出版，详细描述了唐代进士行卷活动，如主司与通榜、制科与常科、进士与明经、省卷与行卷、试杂文以及准备和投献行卷的时间与地点、卷轴的内容、编排、款式与数量、投卷的对象、避讳、衣着和情态，等等。进而分析了这一活动对文学创作的影响。程千帆的这一研究开启了唐代文学背景研究的新风气，随着数年后傅璇琮《唐代科举与文学》的出版，众多学人积极模仿，一个影响深远的唐代文学研究的新模式就此诞生。

第二章 20世纪50年代到70年代的唐代诗歌研究

这一时期最为可喜的进展是开启了从音乐角度研究唐诗的进程。开启这一进程的是任半塘,其《敦煌曲初探》(上海文艺联合出版社,1954年版)首次从音乐角度对敦煌曲做了全面系统的考察。全书分"撮要""曲调考证""曲辞校订""舞容一得""杂考与异说"五章,内容涉及乐府和曲子词等音乐文体,提出了从音乐角度来研究诗歌的观念和方法,尤其是提出了建立"唐代音乐文艺"这一重要概念。1962年,其《唐代"音乐文艺"研究发凡》(《教坊记笺订》,中华书局,1962年版)一文更是提出了唐代音乐文艺研究总纲。所列研究计划后来大部分完成,对唐代音乐文学研究产生了极其深远的影响。任半塘这些研究迥然高出同时代学人。他人谈到乐府、词等与音乐有关的文学样式时,显得思路局促,难以深入。如俞平伯《李白〈清平调〉三章的解释》关于李白《清平调》的问题,就因不能很好地从音乐来研究这一问题而陷入了纠缠。如云:"以太白当时创作情形而论,则谓之诗;以当时即被管弦而论,亦谓之词。诗词两收,自属无妨。词家们拉它过来做词的初祖,不算太牵强,比引《菩萨蛮》之类要妥当些。我以为就太白自己说,恐怕是当作诗写的,所以诗的成分要多一些。"[1]显然没有抓住诗和词区别的关键。又云:"其次便是乐调的问题。先引旧说,如王灼《碧鸡漫志》卷五:'按明皇宣白进《清平调》词,乃是令白于清平调中制词。盖古乐取声律高下合为三,曰清调、平调、侧调,此之谓三调。明皇止令就择上两调,偶不乐侧调故也。'这一说好像普遍,亦有令人不易了解的地方。三调原自昔相传,如《旧唐书》卷二十九《音乐志》:'平调、清调、瑟调,皆周房中曲之遗声也,汉世谓之三调。'王灼说明皇止令择两调,偶不乐侧

---

[1] 俞平伯:《李白〈清平调〉三章的解释》,《光明日报》,1957年2月24日。

调故。唐明皇心理,不知他怎么会知道,况且如本来三调,正好分配三首诗,现偏减去一调,两个调有三首词,有点象'二桃杀三士'的传说,不知是怎么分配的。可疑点之一。……清平调亦是一个曲牌,我想这可能性很大,以没有证明,只可存疑。"[1]说明俞平伯因相关知识掌握得不够充分,思考不够深入,因此在分析这一问题时,无法做出明快的剖断。

台湾学人因与大陆批评环境很不相同,批评视角也显得自由多样。如丁敏《试论佛家"空"义在中国诗歌中的表现》(《中华学苑》第45期,1955年3月)、杜松柏《禅学与唐宋诗学》(黎明文化事业公司,1976年版)、邱燮友《唐诗中的禅趣》(《古典文学》第2期,1980年12月)从宗教角度审视诗歌。台静农《论唐代士风与文学》(《文史哲学报》第14期,1965年11月)论"唐初文士与宫廷的关系""进士科与士风""文士与朋党"三个问题,继承鲁迅《魏晋风度与药及酒之关系》的路数而来,是从士风角度对诗歌活动的考察。黄维梁《超越时代的诗仙——李白〈蜀道难〉与新诗》(《中国时报·人间》,1980年4月18—19日)考察古诗与新诗创作的关系,黄盛雄《唐人绝句研究》(文史哲出版社,1979年版)从起源、题材、作法等方面论述唐代绝句,叶嘉莹《迦陵论词丛稿》(上海古籍出版社,1980年版)则是运用西方现代的文学批评方法来研究唐五代词,都是同时大陆学人很少关注的视角。何寄澎《总是玉关情——唐代边塞诗初探》(联经出版公司,1978年版),是较早一部专门论述边塞诗的专著,虽然规模不大,但勾画出了唐代边塞诗的总体风貌。

---

[1] 俞平伯:《李白〈清平调〉三章的解释》,《光明日报》,1957年2月24日。

第五节　批评体系单一化的渊源和终结

20世纪50年代到70年代文学研究观念、方法在官方意识形态强大作用下走向单一化,影响极其深远,唐诗研究也是如此。学人除了像陈寅恪那样少数有定见者外,或被动或主动,都加入到单一化行列。造成这种局面,除了官方意识形态作用外,学人们普遍缺少建构中国文学研究传统的自觉意识是一个重要原因。众多学人在面对官方提倡现实主义之类的新式理论时,但觉新鲜和神秘,没有分析和批判,只能心悦诚服地接受。例如冯文炳在1962年发表的《杜甫的价值和杜诗的成就》一文开头就说:"在解放后,由于受了党的教育,我们对旧的课题,每每能够'温故而知新',关于杜甫和他的诗的问题,也确乎表现新的社会科学的伟大指导作用。"[1]所谓"新的社会科学",其实就是官方意识形态,即在那极左年代建构起来的畸形的文学批评体系。

有关杜甫和白居易研究就鲜明地体现了批评单一化的过程。如傅庚生《杜甫诗论》(上海文艺联合出版社,1954年版),书中着重以"人民性""爱国主义"和"现实主义"等核心概念来评论杜甫的诗歌。把杜甫从"诗圣"的位置上拉下来,而对杜甫进行"精华"和"糟粕"的分析。至1956年由山东人民出版社出版的萧涤非《杜甫研究》上卷,更明确地提出了杜甫是"人民诗人"这一概念。如云"忠君思想与爱国精神始终是密切结合的",并使他"有可能在更大的程度上突破这一落后思想的局限而成为一个伟大的人民诗人"。1963年

---

[1] 冯文炳:《杜甫的价值和杜诗的成就》,《人民日报》,1962年3月28日。

中华书局编辑出版了《杜甫研究论文集》第二辑，共收入1951年至1961年有关杜甫的26篇文章，从中可以清晰地看到杜甫现实主义人民诗人地位的确立过程。同年中华书局编辑出版的《杜甫研究论文集》第三辑，也仍然沿袭这一观点。王拾遗的《白居易》（上海人民出版社，1957年版）也把白居易写成了一个伟大的现实主义诗人。作者表示他试图描绘出白居易"在那个历史时期是如何生活着和如何战斗的"。

当时的学界，批评标准单一化做得十分彻底，如果有谁没有使用这一套话语评价唐诗，就会受到学术界的围攻。林庚《诗人李白》受到批判就很典型。据彭庆生回忆："1954年6月，先生撰成扛鼎之作《诗人李白》。6月下旬，在北大临湖轩召开讨论会。名曰'讨论'，实为批判。批判的重点是先生提倡的李白的'布衣感'和李白所代表的'盛唐气象'。尽管当时与会的游国恩、杨晦等先生都说了公道话，对林先生的力作多有肯定……然而，代表官方意识形态理论的权威却猛烈开火了。此后，主流报刊上就联篇累牍地发表批判文章。"彭庆生解释说："'布衣感'是林先生的首创，其具体内涵是：'李白既生在唐代，继承了前代思想中民主的成分，结合着当代的精神面貌，就形成了一个布衣的平等自由的斗争观念，也就是那个时代中解放的情操与高涨的民主的意识形态。'这些话，我们今天听起来会感到十分亲切，但在当时，高唱'民主''自由''平等''解放'，却是官方无法容忍的。当时的知识分子政策是：知识分子必须经过'思想改造'，脱胎换骨，重新做人。但先生却倡导'不屈己，不干人，这就是布衣的骄傲'。并解释道：'所谓不屈己，不干人'，就是'不向统治阶级卑躬屈节'。毛泽东在《中国革命和中国共产党》中说：'在中国封建社会里，只有这种农民的阶级斗争、农民的起义和农民战争，才是历史发展的真正动力。'而先生却说:'布衣的斗争因而乃是于农民直接进行的斗争之外,经常的代表着封建社会中主要矛盾集中的表现。'这就公然违背领袖的教导了,自然在劫难逃。……唐代是封建社会,而封建社会中,人民受压迫,受剥削,只有苦难,哪有'盛唐'?既然从根本上否认盛唐,就更不承认有'盛唐气象'了。"①"到1958年,本书的一些观点,更是被扣上资产阶级唯心主义的帽子受到集中批判。"②

有些学者也使用了这一套批评话语,但由于对新理论不够熟悉也受到了批判。如吴代芳《目前杜诗研究中存在的问题——评〈杜甫诗论〉和〈杜诗写典型〉》就是对傅庚生和冯文炳在文章中简单套用阶级斗争学说提出了批评。如云:"尽管傅先生和冯先生企图用新观点来解释杜诗,而结果仍然是:以庸俗社会学代替了马克思主义的文艺理论,以唯心主义代替了历史唯物主义,也正因为这样,必然导致杜诗研究中的虚无主义。"③可见在当时能够很快地接受新理论已经变成了一种批评优势,仗着这种优势可以理直气壮地教训别人。

按照这一套新的标准,众多唐代诗人都在应该批判之列。50年代中期陈贻焮在一系列文章中对王维多有肯定,到50年代后期受到

---

① 彭庆生:《一代名师,夐绝流俗——记林庚先生对教育事业的杰出贡献》,北京大学中文系和北京大学新诗研究所2010年1月编《林庚先生百年诞辰纪念会文集》,第44—45页。

② 傅璇琮、罗联添主编:《唐代文学研究论著集成》第1卷,三秦出版社,2004年版,第75页。

③ 吴代芳:《目前杜诗研究中存在的问题——评〈杜甫诗论〉和〈杜诗写典型〉》,《文史哲》1957年第1期。

了批判。如彭立勋、方万勤、代安康、杨开永《关于王维及其诗歌评价的几点意见》就写道:"王维生于公元701年(武后长安元年),死于761年(肃宗上元二年),他经历了历史上的所谓'开元之治',也经历了历史上标志着唐帝国由盛而衰的转捩点的'安史之乱'。这是一个急剧变化的时期,是唐帝国由表面的经济繁荣走向衰落的时期,是隐藏在'盛唐'外衣下的尖锐阶级矛盾和民族矛盾逐渐表面化,以至总爆发的时期。在这个时期孕育着各种社会矛盾和危机,农民与地主阶级的矛盾逐步尖锐化。然而,生活在这一时代的王维,却置身在社会斗争之外,他的一生大都是在消极避世、遁迹山林的隐居生活中度过的。他的诗歌基本上粉饰、掩盖和歪曲了当时的社会现实,美化了地主阶级安逸、闲适的生活,表达了地主阶级的闲情逸致和消极颓废的思想感情。这些都应给予严厉的批判。但是,由于他的山水田园诗迎合了封建士大夫的思想情趣,所以长期以来被他们推崇备至。在我们的文学史研究工作中,也有些人避开了王维的政治立场和思想,避开了作品的消极、反动的思想内容,而以超阶级的、纯艺术的资产阶级观点,去评价和推崇他的作品,因而不能给他以正确评价。这些错误观点应予以清算。"[1]50年代中期历时一年多的有关李煜词是否具有人民性和爱国主义的论争也很有代表性[2]。争论后期否定意见占了上风,因为李煜的身份明摆着是地主阶级的典型代表,无论如何不能肯定。

这种阶级分析方法到70年代被用到了极致。郭沫若1971年写

---

[1] 彭立勋、方万勤、代安康、杨开永:《关于王维及其诗歌评价的几点意见》,《华中师范学院学报(语言文学版)》1959年第1期。

[2] 文章主要收录在《文学遗产》编辑部编《李煜词讨论集》当中,作家出版社,1957年版。

成《李白与杜甫》一书。书的扉页上引用了三条毛主席语录,第一条云:"在阶级社会中,每一个人都在一定的阶级地位中生活,各种思想无不打上阶级的烙印。"第二条云:"无产阶级对于过去时代的文学艺术作品,也必须首先检查它们对待人民的态度如何,在历史上有无进步意义,而分别采取不同态度。"书中对杜甫极力贬低,指出他身上具有阶级意识、门阀观念、功名欲望、地主生活、宗教信仰、嗜酒终身等局限。在分析杜甫的阶级意识时以《茅屋为秋风所破歌》为例,说:"诗里面是赤裸裸地表示着诗人的阶级立场和阶级情感的。……使人吃惊的是他骂贫穷的孩子们为'盗贼'。孩子们拾取了被风刮走的茅草,究竟能拾取得多少呢?亏得诗人大声制止,喊得'唇焦口燥'。贫穷人的孩子被骂为'盗贼',自己的孩子却是'娇儿'。他在诉说自己的贫困,他却忘记了农民们比他穷困百倍。"[①]阶级分析学说在文学研究中的运用至此达到了极点。70年代前几年开展的"批儒评法"运动,使批评标准被进一步扭曲,学人头脑再一次被清洗。如傅庚生的《杜诗析疑》、萧涤非的《唐代法家诗人刘禹锡》等一批文章都带上了"批儒评法"的观念。

批评标准单一化的结果是把文学批评变成贴政治标签,诗人评价都变得非常简单,只要标明谁是人民诗人谁是反人民诗人就算完成任务。可是这样做自然遇到了一系列困难,例如杜甫是人民诗人,可是他又有忠君思想;李煜词确实惹人喜爱,可他偏偏是个帝王。学人们花了很多篇幅来调和这一矛盾,却始终不得要领。批评上遇到的这种困难,古代诗人没有丝毫问题,只能说这种批评观念和方法非常荒谬。

---

① 郭沫若:《李白与杜甫》,人民文学出版社,1971年版,第214—215页。

由于郭沫若把这种批评运用到了极致,荒谬得到了放大,使许多使用这种批评标准的学人也感受到了这种批评的荒诞,只是因环境所限,没有人敢公开指出。香港学者不受这一限制,率先发起了批判。如罗忼烈在1975年所写的《话李白》(香港《抖擞》第8、9期)一文中,故意大唱反调。他说:"李白在中国诗史上应有的崇高地位,是无可怀疑的,然而这不是说他的诗无美不备,超轶群伦。近年来忽然刮起一阵努力吹捧李白的狂风,尤其是当'儒法斗争'谬论出笼、李白被追谥为'法家'以后,关于李白的文章,莫不尽力夸饰吹嘘,使他扬眉吐气于现代。而别有用心的人,更不惜断章取义,穿凿附会,任意歪曲,叫他替千百年后的政治阴谋服务。他们对于李白诗的优点,好话早已说尽了,对于缺点,或者绝口不提,或者三言两语轻轻带过。像本文所举诗歌艺术上的缺点,便在绝口不提之列,而儒、仙、侠思想,则被轻轻带过。这断断不是客观的文学批评态度。"①

随着改革开放政策的实施,大陆学人也开始了对这种荒诞批评的反省,客观的文学批评逐渐得到恢复。如罗宗强《李杜论略》(内蒙古人民出版社,1980年版)就对李杜的生活和创作做了尽可能客观的评价。诗歌史叙述也逐渐走出了陈旧的框架,表现出新的格局。如陈贻焮《从元白韩孟两大诗派略论中晚唐诗歌的发展》(《唐诗论丛》,湖南人民出版社,1980年版)结合当时政治文化背景阐释中唐后期和晚唐前期两大诗派的特点及其成因,奠定了中唐后期和晚唐前期诗歌发展史描述的基本格局。文章中已经彻底不见批评标准单一化的痕迹了。连使用"新乐府运动"这样的概念,作者也很谨慎。如云:"所谓'新乐府运动',是现代人所赋予的概念,指的是贞元到

---

① 后收入罗忼烈《两小山斋论文集》,中华书局,1982年版,第29页。

元和初的几年间,先是李绅,后是元、白,以'新乐府'等形式,写作大量讽谕诗,并提出理论,对当时政治和其后诗歌的发展,起了显著影响的这一历史事实。"[1]在承认李绅、元稹、白居易等人大量写作新乐府在当时和后世有很大影响的同时,对是否使用"新乐府运动"这一概念有所保留。"所谓'新乐府运动',是现代人所赋予的概念",说明该说法在历史上找不到文献依据。

50年代到70年代批评标准走向单一化,既是官方强大意识形态作用的结果,也是"五四"以来学术思想观念的自然发展的结果。对民间文学的极度推崇就集中反映了这一点。"五四"人所倡导的民主思想,不是直接来自欧美,而是来自俄国。而俄国民主主义带有浓厚的民粹主义色彩。持这种思想者认为凡是民间的就都是好的,都是有活力的,文人们只有接受民间艺术元素,才能有成功创作。后来"人民性"之类观念就是这种民间至上价值观的延续和放大。如1959年马茂元发表的《从盛唐诗歌看民间文学与文人创作的关系》(《文汇报》,1959年8月4日)一文,探讨了盛唐诗人创作与乐府民歌的关系,认为盛唐诗人创作广泛地受到了民间文学影响,同时创造性地提高了民歌内容和体制。直到70年代后期,还一直有人持这种观念。如湛伟恩《李白与民歌》写道:"历代有成就的诗人,都是认真学习民歌的。著名诗人李白就是其中之一。……从李白的创作实践和艺术风格看来,他十分注意学习《诗经》及汉魏六朝乐府。与那些只模拟民歌和套用乐府古题的诗人不同,他是从其中汲取思想营养和艺术技巧,形成自己独特的艺术风格的,并为后代诗人作出了典范。他对民歌孜孜不倦的学习,特别是乐府民歌,给李白的诗歌创作

---

[1] 陈贻焮:《唐诗论丛》,湖南人民出版社,1980年版,第334—335页。

以极大的启发。……他在五十九岁时,看到一个十一岁的孩子韦渠牟有写诗的才能,就教以'古乐府之学'。可见李白对民歌学习的重视。在李白的全部作品中,最优秀的诗篇是乐府诗和长短篇歌行、绝句(绝句在唐代是入乐的)。但他的乐府诗是有所革新和创造的。不仅那些袭用乐府旧题的作品,如《子夜吴歌》和《长干行》等,具有民歌的语言生动、自然的特点,达到'情深词显'的艺术境界,而且有很多诗篇李白都赋予新的主题和内容,开拓乐府民歌表达的新领域。例如,《乌夜啼》《关山月》本来都是书写离情别绪的,但是李白却用它来表达反对危害人民的战争的主题。即使不是学习民歌的创作,如五、七言绝句,都具有民歌的风格。例如《静夜思》:'床前明月光,疑是地上霜。举头望明月,低头思故乡。'又如《越女词》(其三):'耶溪采莲女,见客棹歌回。笑入荷花去,佯羞不出来。'还有《赠汪伦》:'李白乘舟将欲行,忽闻岸上踏歌声。桃花潭水深千尺,不及汪伦送我情。'……用民歌的形式和情调,表现人民的思想感情,这就是李白学习民歌的高度艺术成就。李白既努力学习过去的民歌,又努力学习当时的民歌……这样,民歌格调成了李白诗歌的最大特点。无论是乐府诗、山水诗、离别诗、绝句、小诗等,都表现得十分明显。由于李白这样努力向民歌学习,使他的诗歌在艺术上获得了巨大的成就。"[1]

其实整个20世纪出版的《中国文学史》几乎都将乐府称作民歌。例如出版于1928年的胡适《白话文学史》上卷第三章取名为"汉代的民歌",到1999年出版袁行霈主编的《中国文学史》第三编

---

[1] 湛伟恩:《李白与民歌》,《中山大学学报(哲学社会科学版)》1978年第4期。

"魏晋南北朝文学"第四章仍取名为"南北朝民歌"。可能是为了弥合乐府与民歌的差异,有些著作还使用了"乐府民歌"一词。如胡适《白话文学史》上卷就多次使用这一概念。1978年出版的游国恩等人编《中国文学史》在叙述南北朝乐府时直接以"南北朝乐府民歌"为题。但乐府与民歌毕竟有别。《辞海》对民歌的解释是:"民间文学的一种,劳动人民的诗歌创作,一般是口头创作、口头流传,并在流传过程中不断经过集体的加工。"[①]《现代汉语词典》的解释是:"民间口头流传的诗歌或歌曲,多不知作者姓名。"[②]这种解释与乐府涵义显然不合。民歌是民间口头艺术,乐府是宫廷音乐歌辞,以民歌指称乐府,显然不合适。

那么20世纪学人为何以民歌称乐府呢?这与学人普遍接受文学进化论有关。时人普遍认为中国文学史就是各种文体不断由民间到文人的进化过程:民间文学是新鲜的,活泼的,有生命力的,后来经过文人改造,走入了高雅文学殿堂,但也从此失去了生命力,于是再到民间寻找一种文学样式。胡适《白话文学史》第三章《汉朝的民歌》开头就这样说:"一切新文学的来源都在民间。民间的小儿女,村夫农妇,痴男怨女,歌童舞妓,弹唱的,说书的,都是文学上的新形式与新风格的创造者。这是文学史的通例,古今中外都逃不出这条通例。"[③]朱谦之《中国音乐文学史》说:"每一个时代的音乐文学,总是代表着一时代民间的活言语,所以汉魏的乐府不能歌而歌诗,唐的

[①] 辞海编辑委员会编:《辞海》,上海辞书出版社,1980年版,第1804页。
[②] 中国社会科学院语言研究所词典编辑室编:《现代汉语词典》,商务印书馆,2008年版,第950页。
[③] 胡适:《白话文学史》,上海古籍出版社,1999年版,第15页。

诗不能歌而歌词,宋的词元不能歌而歌曲,这种平民文学的进化,真是自然的趋势。"①乐府作为一种诗歌样式也在这一规律当中。学人们普遍认为,汉乐府是民歌,南朝乐府是民歌,北朝乐府是民歌,杂曲歌辞是民歌,杂歌谣辞是民歌,文人成功的诗歌创作都是因为充分吸收和借鉴了民歌。其实都只是概念滥用,并没有什么事实依据。

以民歌称乐府,于文献不足征。"民歌"在先秦一直作为主谓词组使用。如《左传·昭公二十六年》云:"陈氏之施,民歌舞之矣。"②《韩非子·难二》云:"处三日而民歌之曰:'公胡不复遗冠乎!'"③《管子·形势》云:"鸿鹄锵锵,唯民歌之;济济多士,殷民化之。"④汉代以来人们沿袭这一用法。如《汉书·沟洫志》云:"于是以史起为邺令,遂引漳水溉邺,以富魏之河内。民歌之曰:'邺有贤令兮为史公,决漳水兮灌邺旁,终古舄卤兮生稻粱'。"⑤《汉书·佞幸列传》云:"显与中书仆射牢梁、少府五鹿充宗结为党友,诸附倚者皆得宠位。民歌之曰:'牢邪石邪,五鹿客邪!印何累累,绶若若邪!'言其兼官据势也。"⑥后来"民歌"由主谓词组向名词转化。如郦道元《水经注》云:"杨泉《物理论》曰:秦始皇使蒙恬筑长城,死者相属。民歌曰:'生男慎勿举,生女哺用铺,不见长城下,尸骸相支柱。'其冤痛如

---

① 朱谦之:《中国音乐文学史》,上海世纪出版集团,上海人民出版社,2006年版,第53页。
② 李学勤主编:《十三经注疏·春秋左传正义》,北京大学出版社,1999年版,第1479页。
③ 王先慎:《韩非子集解》,上海书店,1986年版,第274页。
④ 戴望:《管子校正》,上海书店,1986年版,第3—4页。
⑤ 班固:《汉书》,卷二九,中华书局,1962年版,第1677页。
⑥ 班固:《汉书》,卷九三,中华书局,1962年版,第3727页。

此矣。"①这里"民歌"为"民歌之"简称。此后也有人偶尔把民歌作为名词使用。如唐皇甫湜《吉州刺史厅壁记》有句云："民歌路谣,冀闻京师。"②郭茂倩编《乐府诗集》将百姓歌颂史起的歌谣取名为《邺民歌》,也是把民歌当作名词使用。但翻检古代典籍,民歌作为名词使用的情况并不多见,《乐府诗集》中也仅此一例。古人从未用民歌称呼乐府或某类乐府。

以民歌称乐府可能是因为误解了史书对某些乐府来源的记载。如《乐府诗集·相和歌辞》叙论云："《晋书·乐志》曰:'凡乐章古辞存者,并汉世街陌讴谣,《江南可采莲》《乌生十五子》《白头吟》之属。'其后渐被于弦管,即相和诸曲是也。"③《杂歌谣辞》叙论云："汉世有相和歌,本出于街陌讴谣。而吴歌杂曲,始亦徒歌。复有但歌四曲,亦出自汉世,无弦节。作伎,最先一人唱,三人和。"④这些记载很容易被人理解为乐府来自民歌。但仔细分析,就不会得出这样的结论。乐府可能出自民间,不等于说乐府就是民歌。"街陌讴谣",表明这些歌曲主要流传于城市当中,而城市作为社会分工较为细致的所在,歌唱者可能是职业艺人,不能视为普通百姓自发原唱。现存乐府诗除了小部分杂歌谣辞外,都是宫廷乐曲。民间歌唱成为宫廷乐曲要经过改造。经过职业诗人和艺人改造过的歌曲,即使保留了部分原貌,但已经不是民间歌曲了。就像《东方红》出自陕北民歌而不能称作陕北民歌一样。上面引述《乐府诗集》中的两条材料也都清楚地表明相和歌和杂曲歌由民间到宫廷是经过

---

① 陈桥驿:《水经注校注》,卷三,中华书局,2007年版,第77页。
② 董诰等编:《全唐文》,卷六八六,中华书局,1983年版,第7028页。
③ 郭茂倩:《乐府诗集》,卷二六,中华书局,1979年版,第376页。
④ 郭茂倩:《乐府诗集》,卷八三,中华书局,1979年版,第1165页。

加工的。

　　从郭茂倩《乐府诗集》所收12类曲辞来看，郊庙歌辞、燕射歌辞、鼓吹曲辞、横吹曲辞、舞曲歌辞、琴曲歌辞、近代曲辞、新乐府辞绝大多数都是文人创作，不能称作民歌。文学史家所说民歌主要是指汉相和歌、清商曲辞中的吴声西曲、被命名为"梁鼓角横吹曲"的北朝乐府以及杂曲歌辞、杂歌谣辞中部分作品。但仔细分析这些作品，无论如何也得不出是民歌的结论。例如吴声、西曲被学人们长期看作是地道的民歌，其实很多曲调都出自上层社会。如《宋书·乐志》云："《前溪哥》者，晋车骑将军沈玩所制。《阿子》及《欢闻哥》者，晋穆帝升平初，哥毕辄呼'阿子！汝闻不？'语在《五行志》。后人演其声，以为二曲。《团扇哥》者，晋中书令王珉与嫂婢有情，爱好甚笃，嫂捶挞婢过苦，婢素善哥，而珉好捉白团扇，故制此哥。《督护哥》者，彭城内史徐逵之为鲁轨所杀，宋高祖使府内直督护丁旿收敛殡埋之。逵之妻，高祖长女也，呼旿至阁下，自问敛送之事，每问，辄叹息曰：'丁督护！'其声哀切，后人因其声，广其曲焉。《懊憹哥》者，晋隆安初，民间讹谣之曲。语在《五行志》。宋少帝更制新哥，太祖常谓之《中朝曲》。《六变》诸曲，皆因事制哥。《长史变》者，司徒左长史王廞临败所制。《读曲哥》者，民间为彭城王义康所作也。其哥云'死罪刘领军，误杀刘第四'是也。凡此诸曲，始皆徒哥，既而被之弦管。"①这些曲调，或创自上流社会，或为上流社会加工，或咏上流社会故事，没有道理将其视作民歌。即使是杂歌谣辞，也并非都是民间歌唱。歌唱者有皇帝，有王侯，有后妃，有官吏，有百姓，一概视为民歌，不符合实际。

---

①　沈约：《宋书》，卷一九，中华书局，1974年版，第549—550页。

人们误把民歌认作乐府还有一个原因,就是这些作品歌咏事物接近民间生活,或使用了双关、顶针之类的修辞手法。其实这不能作为判定民歌的有效证据。《诗经》中许多作品歌咏民间生活,但都是经过精挑细选的宫廷乐歌。"关关雎鸠,在河之洲。窈窕淑女,君子好逑",起兴至为凡近,但不妨用来歌咏后妃之德。双关、顶针等是联歌时必要构件,并非民歌所独有。相反在所谓民歌当中,经常可以看到诗人的句子。如《子夜冬歌十七首》其十四"白雪停阴冈,丹华耀阳林。何必丝与竹,山水有清音"就取自晋朝诗人左思《招隐诗二首》其一。北朝乐府《紫骝马歌辞六曲》中后四曲直接取自汉代《古诗三首》其二:"十五从军征,八十始得归。道逢乡里人,家中有阿谁。遥望是君家,松柏冢累累。兔从狗窦入,雉从梁上飞。中庭生旅谷,井上生旅葵。烹谷持作饭,采葵持作羹。羹饭一时熟,不知贻阿谁。出门东向望,泪落沾我衣。"那些被文学史称作民歌的作品,文采斐然,显然出自职业诗人之手。

从传播角度来讲,纯粹民间歌唱是很难保存下来的,只有经过职业艺人和诗人加工过的作品,才能成为艺术精品,才有可能传之后世。刘禹锡《竹枝词》序云:"岁正月,余来建平。里中儿连歌《竹枝》,吹短笛,击鼓以赴节,歌者扬袂睢舞,以曲多为贤。……余亦作《竹枝词》九篇,俾善歌者飏之。"①当时"里中儿连歌"的《竹枝词》,今天一首也见不到。刘禹锡作《竹枝词》常被当作文人学习民歌,实际情况恰恰相反,刘禹锡想学习屈原,改造民歌,以提升民歌文采:"昔屈原居沅、湘间,其民迎神,词多鄙陋,乃为作《九歌》,到于今荆

---

① 瞿蜕园:《刘禹锡集笺证》,卷二七,上海古籍出版社,1989年版,第853页。

楚鼓舞之。故余亦作《竹枝词》九篇,俾善歌者扬之,附于末。"①

总之,绝大多数乐府诗是宫廷乐歌,是经过职业诗人和艺人加工过的艺术精品,不能因为这些诗歌与民间有关联就统统称作民歌。

① 瞿蜕园:《刘禹锡集笺证》,上海古籍出版社,1989年版,第853页。

第三章　20世纪后二十年唐诗研究大发展

20世纪后二十年是唐诗研究的黄金时期。改革开放使学人思想观念得到了极大解放,唐诗研究得以蓬勃展开。在这二十年间,老一辈学人焕发学术青春,年轻学者人才辈出,学术队伍空前壮大,学术活动异常活跃,思想方法多种多样,学术成果比起前八十年总和还要多,唐诗研究各个方面都取得了长足进展。

第一节　文献整理有了大幅度进展

20世纪后二十年,学人在唐诗总集、别集、选集的整理,资料汇编,工具书编纂等各个方面,都有大幅进展。张明非在《九十年代唐代文学研究实绩及特点》中的一段话可以概括这一时期文献整理的特点:"90年代从进行学术总结的明确意识出发,对古籍进行了有系统、有计划和更大规模的整理与研究,资料考订更加细密,去取选择更加精严,充分显示了研究队伍的整体实力,并出现了一大批高水平的学术精品。"[①]

80年代学界开启了全面整理《全唐诗》的工程。这一工程设计

[①] 傅璇琮、罗联添主编:《唐代文学研究论著集成》第5卷,三秦出版社,2004年版,第2页。

宏大而细密,后因种种原因而搁浅,但许多参与者取得了属于自己的阶段性成果。如河南大学唐诗研究室《全唐诗重篇索引》(河南大学出版社,1985年版)、吴企明《唐音质疑录》(上海古籍出版社,1986年版)、吴汝煜与胡可先《全唐诗人名考》(江苏教育出版社,1990年版)、傅璇琮《唐人选唐诗新编》(陕西人民教育出版社,1996年版)、佟培基《全唐诗重出误收考》(陕西人民教育出版社,1996年版)、陶敏《全唐诗人名考证》(陕西人民教育出版社,1996年版),等等。陶敏《全唐诗人名考证》较吴汝煜、胡可先的《全唐诗人名考》晚出,体例更加合理,考订更为细密准确,订正了许多缺失,被认为是新时期研究《全唐诗》"成绩最为突出的一部著作",是"一部具有重大学术价值的工具书",且"具有方法论的示范意义"[①]。陈尚君《全唐诗补编》更是这一时期《全唐诗》整理的重要成果。清编《全唐诗》成书以后,随着文献日益被发现,辑佚补编工作被提到了日程。60年代,"王重民据敦煌材料辑成《补全唐诗》(20世纪60年代成文)与《敦煌唐人诗集残卷》,前者录诗104首,后者录诗62首。孙望辑《全唐诗补逸》20卷,共录诗830首、诗句86句。童养年辑《全唐诗续补遗》21卷,录诗歌1000余首、诗句330余句,然其中多《全唐诗》原有而未曾遗逸者。中华书局汇编上述四种成《全唐诗外编》,于1982年出版。后又经陈尚君校订,且增入其所辑逸诗4000余首,成《全唐诗续拾》,与《全唐诗外编》合编,编名为《全唐诗补编》,于1992年10月再行刊出"[②]。傅璇琮称赞《全唐诗补编》"是清代中期以后唐诗辑

---

① 郁贤皓:《〈全唐诗〉研究最突出的成果——评陶敏〈全唐诗人名考证〉》,《湘潭师范学院学报(社会科学版)》1997年第2期。
② 傅璇琮、罗联添主编:《唐代文学研究论著集成》第1卷,三秦出版社,2004年版,第185页。

佚的最大成果"[①]。此外如孙方《扬州书局是怎样编校刊刻〈全唐诗〉的》(《河南大学学报》1985年第5期)论述了清编《全唐诗》的来源和刊刻过程,佟培基《〈全唐诗〉工作底本探秘》(《文史》第43辑,中华书局,1997年)探讨清编《全唐诗》所用底本,是有关《全唐诗》整理的论文。

这一时期诗人别集整理工作全面展开,几乎所有著名诗人别集都有了注释本,有的诗人还出现了两个以上注释本。代表性成果有:陈铁民与侯忠义《岑参集校注》(上海古籍出版社,1981年版)、刘开扬《高适诗集编年笺注》(中华书局,1981年版)、刘金城《韦庄集校注》(中国社会科学出版社,1981年版)、聂文郁《元结诗解》(陕西人民出版社,1984年版)、孙钦善《高适集校注》(上海古籍出版社,1984年版)、陈文华《唐女诗人集三种》(上海古籍出版社,1984年版)、刘学锴与余恕诚《李商隐诗歌集解》(中华书局,1988年版)、项楚《王梵志诗校注》(上海古籍出版社,1991年版)、陈铁民《王维集校注》(中华书局,1997年版)、任国绪《卢照邻集编年笺注》(黑龙江人民出版社,1989年版)、李景白《孟浩然诗集校注》(巴蜀书社,1988年版)、徐鹏《孟浩然集校注》(人民文学出版社,1989年版)、安旗主编《李白全集编年注释》(巴蜀书社,1990年版)、詹锳主编《李白全集校注汇释集评》(百花文艺出版社,1996年版)、陶敏与王友胜《韦应物集校注》(上海古籍出版社,1998年版)、刘初棠《卢纶诗集校注》(上海古籍出版社,1989年版)、王亦军与裴豫敏《李益集注》(甘肃人民出版社,1989年版)、瞿蜕园《刘禹锡笺证》(上海古籍出版社,

---

[①] 傅璇琮:《〈唐代文学丛考〉序》,陈尚君:《唐代文学丛考》,中国社会科学出版社,1997年版,第2页。

1989年版)、刘衍《李贺诗校笺证异》(湖南出版社,1990年版)、罗时进《丁卯集笺证》(江西人民出版社,1998年版)、李谊《韦庄集校注》(四川社会科学出版社,1986年版)、吴云与冀宇《唐太宗集》(陕西人民出版社,1986年版)、羊春秋《李群玉诗集》(岳麓书社,1987年版)、康金声与夏连保《王绩集编年校注》(山西人民出版社,1992年版)、王定璋《钱起诗集校注》(浙江古籍出版社,1992年版)、蒋寅《戴叔伦诗集校注》(上海古籍出版社,1993年版)、傅义《郑谷诗集编年校注》(华东师范大学出版社,1993年版)、祝尚书《卢照邻集笺注》(上海古籍出版社,1994年版)、潘慧惠《罗隐集校注》(浙江古籍出版社,1995年版)、华忱之与喻学才《孟郊诗集校注》(人民文学出版社,1995年版)、韩泉欣《孟郊集校注》(浙江古籍出版社,1995年版)、储仲君《刘长卿诗编年笺注》(中华书局,1996年版)、郝润华《李益诗歌集评》(甘肃人民出版社,1997年版)、钱学烈《寒山拾得诗校评》(天津古籍出版社,1998年版)、杨世明《刘长卿集编年笺注》(人民文学出版社,1999年版)、项楚《寒山诗注》(中华书局,2000年版)等等。林继中《杜诗赵次公先后解集校》(上海古籍出版社,1994年版)对古人注本进行钩沉整理。这些注释本中有大量精品,大都为注者潜心多年完成。如詹锳主编的《李白全集校注汇释集评》、陈铁民的《王维集校注》、项楚的《王梵志诗校注》《寒山诗注》都属于这种情况。

在唐代诗人别集的整理方面,80年代上海古籍出版社推出的唐诗小集丛书值得一提。如王国安《王绩诗注》(1981年版)、臧维熙《戎昱诗注》(1982年版)、梁超然与毛水清《曹邺诗注》(1982年版)、徐定祥《杜审言诗注》(1982年版)、万竞君《崔颢诗注 崔国辅诗注》(1982年版)、梁超然与毛水清《于濆诗注》(1983年版)、范之麟《李益诗注》(1984年版)、李云逸《王昌龄诗注》(1984年版)、王旋伯《李绅诗注》(1985年版)、王启兴与张虹《贺知章包融张旭张若虚诗注》(1986年版)、周义敢《张继诗注》(1987年版)、杨军与戈春源《马戴诗注》(1987年版)、谭优学《赵嘏诗注》(1987年版)、王启兴与张虹《顾况诗注》(1993年版)、李之亮《秦韬玉诗注 李远诗注》(1989年版)、何庆善与杨应芹《罗邺诗注》(1990年版)、徐定祥《李峤诗注 苏味道诗注》(1995年版)、陈文华《张谓诗注》(1997年版)、《刘希夷诗注》(1997年版)等。这一工程使一批三流诗人别集得到了整理,对吸引更多学人关注这些诗人很有帮助。90年代后期,在台湾,由罗联添任召集人,由新文丰文化出版公司推出的《中华丛书·历代诗文集校注》丛书,含有多种唐代诗人别集的校注,如金荣华的《王绩诗文集校注》(1998年版)、阮廷瑜的《钱起诗集校注》(1996年版),都是很好的校注本。

别集整理还有些笺证本值得重视。如安旗《李白诗新笺》(中州书画出版社,1983年版)对李白诗提出了许多新的解释,张蓬舟《薛涛诗笺》(人民文学出版社,1983年版)对薛涛诗歌和生平事迹、传说轶闻做了较为系统的整理,朱金城《白居易集笺校》(上海古籍出版社,1988年版)对白居易现存3700多篇诗文做了全面校笺。类似著作还有傅璇琮与周建国《李德裕文集校笺》(河北教育出版社,2000年版)等。

改革开放之初出现了唐诗普及热潮,一大批唐诗选本随之问世。如刘永济《唐代绝句精华》(人民文学出版社,1981年版)、沈祖棻《唐人七绝诗浅释》(上海古籍出版社,1981年版)、霍松林《白居易诗译析》(黑龙江人民出版社,1981年版)、刘拜山与富寿荪《千首唐人绝句》(上海古籍出版社,1985年版)、周本淳《唐人绝句类选》(浙江古籍出版社，1985年版）、陈迩冬《韩愈诗选》（人民文学出版社，1984年版）、马茂元与赵昌平《唐诗三百首新编》（岳麓书社，1985年版）、陈顺烈与许佃玺《五代诗选》（上海古籍出版社，1988年版）、孙琴安《唐七律诗精评》（上海社会科学院出版社，1989年版）、张清华《韩愈诗文评注》（中州古籍出版社，1991年版）等。其中刘永济《唐代绝句精华》选诗788首，首次印刷就达到了37万册，可见当时唐诗普及热潮之一斑。这一时期整理了一些古人的唐诗选集。如霍松林《万首唐人绝句校注集评》（山西人民出版社，1991年版）、张明非《唐贤三昧集译注》（上海古籍出版社，2000年版）等。傅璇琮与李珍华《河岳英灵集研究》（中华书局，1992年版）重新校订《河岳英灵集》，对编者、版本、体例也做了深入研究。这一时期还出现了某一类唐诗选集，如高步云《唐代中日往来诗辑注》（陕西人民出版社，1984年版）就是专门选择唐代中日交往诗歌进行注释。研究古代唐诗选本也成了一些学人选择的课题。其中最值得称道的是孙琴安所著《唐诗选本六百种提要》（陕西人民教育出版社，1987年版），书中钩稽所及，上自唐孙季良《正声集》，下至清代王闿运《唐诗选》，共600余种。

唐诗鉴赏热潮伴随着唐诗普及展开。一时间唐诗鉴赏文章多得不计其数。人民文学出版社编辑部1981年编成《唐诗鉴赏集》，收入程千帆、林庚、萧涤非等撰写的72篇唐诗鉴赏的文章，大受欢迎，当年印数达到13万册。上海辞书出版社1983年推出了《唐诗鉴赏辞典》，共选唐代196位诗人的1105首诗，每一首都有详细赏析，成为唐诗鉴赏的集成著作。80年代末巴蜀书社推出了中国古典文学赏析丛书，每一种对某一个诗人作品进行赏析。如裴斐主编《李白诗歌赏析集》（1988年版）、傅经顺主编《李贺诗歌赏析集》（1988年版）、金涛主编《柳宗元诗文赏析集》（1989年版）、褚斌杰《白居易诗歌赏析集》(1990年版)等。羊春秋《唐诗百讲》(广州文艺出版社,1989年版)、施蛰存《唐诗百话》(上海古籍出版社,1987年版)等也是偏于鉴赏的著作。施著集研究和鉴赏于一体,或用串讲的方法,或用漫话的方法,自由活泼地和读者漫谈唐诗。潘百齐《全唐诗精华分类鉴赏集成》(河海大学出版社,1989年版),共180万字,收鉴赏文章500多篇。以一人之力成此巨著,堪称奇观。鉴赏旨在以优美的语言,传达唐诗的精妙。这一工作看似简单,其实不易做好。要求作者不仅读懂唐诗,而且能把自己的理解准确地传达出来。应该指出,当时此类著作太多,作者水平参差不齐,质量也高下不一。当鉴赏辞典一出,此类工作遂告结束,到90年代就很少见到这类著作出版了。

这一时期有关唐代诗论的整理也取得了很大进展。如王利器《文镜秘府论校注》(中国社会科学出版社,1983年版)、李壮鹰《诗式校注》(齐鲁书社,1986年版)、陈伯海《唐诗论评类编》(山东教育出版社,1993年版)、《唐诗汇评》(浙江教育出版社,1995年版)、张忠纲《杜甫诗话校注五种》(书目文献出版社,1993年版)、张伯伟《全唐五代诗格校考》(陕西人民教育出版社,1996年版)、王仲镛《唐诗纪事校笺》(巴蜀书社,1989年版)等。其中张伯伟《全唐五代诗格校考》证明唐代大量诗格著作的存在,令人称奇。1994年,陈尚君与汪涌豪共同撰写的《司空图二十四诗品辨伪》,对司空图著《二十四诗品》的真实性提出了质疑,引起了学术界广泛争论[①]。

[①] 张伯伟、蒋寅主编《中国诗学》第五辑(南京大学出版社,1997年版)汇集了王运熙、张少康、王步高、汪涌豪、张伯伟、张健、蒋寅、束景南、陈尚君的《二十四诗品》真伪问题讨论文章。陈尚君:《唐代文学丛考》(中国社会科学出版社,1997年版)收录该文,文后有"附记""再附记",又收《〈二十四诗品〉辨伪追记答疑》,从中可以看到相关争论情况。

这一时期还出现一些与唐诗研究相关的著作。如孙映逵《唐才子传校注》(中国社会科学出版社,1991年版)、郑庆笃等《杜集书目提要》(齐鲁书社,1986年版)、金启华与张惠民等编《唐宋词集序跋汇编》(江苏教育出版社,1990年版)、张锡厚《王梵志诗研究汇录》(上海古籍出版社,1990年版)等。资料汇编类著作也陆续出版。如陈治国《李贺研究资料》(北京师范大学出版社,1983年版)、吴企明《李贺资料汇编》(中华书局,1994年版)等。1993年出版的郭预衡主编《中国古代文学史长编(隋唐五代卷)》(北京师范学院出版社),虽曰"文学史长编",其实是唐代文学研究资料汇编。

这一时期有关敦煌诗歌的整理也取得了许多成果。如任半塘《敦煌歌辞总编》(上海古籍出版社,1987年版)、项楚《敦煌歌辞总编匡补》(巴蜀书社,2000年版)、高嵩《敦煌唐人诗人残卷考释》(宁夏人民出版社,1982年版)、徐俊《敦煌诗残卷集考》(中华书局,2000年版)、张锡厚《敦煌本唐集研究》(新文丰出版公司,1995年版)等。张著"从敦煌遗书内所能搜集到的唐集残卷为依据,通过对某些传世文献的详细比勘,全面细致地探讨敦煌本唐集的版本源流,生动具体地描述唐五代时期敦煌地区流传的唐集真貌,深入发掘某些失而复得的唐集孤本的文献价值,为敦煌学和唐代文学研究作出积极的贡献"[①]。书中涉及到王绩、王梵志、陈子昂、高适、李白、白居易、刘邺诸家。

这一时期台湾学者在敦煌诗歌文献整理上也做了许多工作。如黄永武《敦煌的唐诗》(洪范书店,1987年版)考订敦煌所见刘希夷、

---

① 傅璇琮、罗联添主编:《唐代文学研究论著集成》第5卷,三秦出版社,2004年版,第83页。

孟浩然、李白、王昌龄、白居易等人诗作。两年后作者又与施淑婷合编了《敦煌的唐诗续编》(文史哲出版社，1989年版)，在前书基础上继续拓展。潘重规的敦煌诗研究尤其值得称道，其《敦煌写本〈秦妇吟新书〉》(《敦煌学》第8辑，1984年7月)《敦煌王梵志诗新探》(《汉学研究》4卷2期，1986年12月)《敦煌唐人陷蕃诗集残卷研究》(《敦煌学》第13辑，1988年6月)等成果，文献考订精审，评价切实公允。

这一时期还出现了几种唐诗大辞典。如周勋初主编的《唐诗大辞典》(江苏古籍出版社，1990年版)、张忠纲主编的《唐诗大辞典》(语文出版社，2000年版)、范之麟与吴庚舜编的《全唐诗典故辞典》(湖北辞书出版社，1989年版)、李文学编的《唐诗典故辞典》(陕西人民出版社，1989年版)等。这些唐诗工具书，不仅便于学人参考，也为广大唐诗爱好者学习提供了便利。

第二节　诗人生平考证更加细致

20世纪后二十年对唐代诗人生平事迹考察得以全面深入地展开，取得了丰硕成果。成果包括评传、传记、年谱、编年史、辞典、专题论文等多种形式，几乎囊括了唐代所有诗人，使诗人生平事迹的描述变得更加清晰。

1983年山东大学文史哲研究所编《中国历代著名作者评传》(山东教育出版社)第二卷出版。该卷共收唐五代36位诗人的评传，分别是骆宾王、王勃、陈子昂、张九龄、李颀、王昌龄、高适、王维、李白、杜甫、岑参、元结、刘长卿、韦应物、李益、孟郊、张籍、韩愈、刘禹锡、白居易、柳宗元、元稹、贾岛、李贺、杜牧、李商隐、温庭筠、罗隐、皮日休、韦庄、司空图、聂夷中、杜荀鹤、李煜。许多诗人都是第一次有评传问世。评传作者都是唐诗研究专家,质量上乘。但由于篇幅所限,评传大都不长,有些评传"评"的成分多,"传"的成分少。这种情况在后来问世的一系列评传、年谱、传记类著作中有明显改善。

这一时期考察初唐诗人生平事迹的著作有杨柳与骆祥发《骆宾王评传》(北京出版社,1987年版)、张志烈《初唐四杰年谱》(巴蜀书社,1993年版)、陈冠明《苏味道李峤年谱》(中央文献出版社,2000年版)等。徐俊《王勃行年辨正》(《文史》第27辑,中华书局,1986年)一文对王勃的生卒年及"应举及第"等进行考证,提出了新说。葛晓音《关于陈子昂的死因》(《学术月刊》1983年第2期)深入分析了陈子昂被县令段简害死的深层背景。

这一时期考察盛唐诗人生平事迹的著作有张清华《王维年谱》(学林出版社,1988年版)、《王摩诘传》(河南人民出版社,1991年版)、卢渝《王维传》(山西人民出版社,1989年版)、左云霖《高适传论》(人民文学出版社,1985年版)、廖立《岑参评传》(人民文学出版社,1990年版)、《岑参事迹著作考》(中州古籍出版社,1997年版)、蒋长栋《王昌龄评传》(中州古籍出版社,1991年版)、刘文刚《孟浩然年谱》(人民文学出版社,1995年版)等。相关文章如胡大浚《王昌龄西出碎叶辨》详细辨析王昌龄曾经出塞西抵碎叶的说法,认为:"谭《考》、李《注》皆以王昌龄出塞当在开元十二、三年间,此时的中亚碎叶,正是突骑施苏禄所都。昌龄非奉使,绝无可能远涉'房庭',深入此地。开元十二年春至十四年,安西副大都护(开元四年以诸王遥领节度,为都护正职)为杜暹,昌龄诗中并不见有入杜暹幕之蛛丝马迹,则入幕从军的可能性又极小了。有无可能个人漫游安西、碎叶呢?……岑参奉公事西行,驿马供给,尚且历二月程始抵安西;他居安西、北庭六年,连'西头热海'都未身历,更谈不上去中亚碎叶。由上述看来,则昌龄只身西游的推测,其可靠性更是微乎其微了……统观昌龄用乐府题目写的边塞诗,有一个共同特点,就是代边塞将士立言,着力刻画他们的内心世界、对边塞战争生活的情感体验,是经过高度典型化了的抒情之作,既非对某一历史事件的客观记叙,更不是诗人自身出塞的纪行诗。七绝《从军行七首》正是这样……'碎叶城西秋月圆'本属想象之辞,与'明月出天山,苍茫云海间。长风几万里,吹度玉门关'之类的描写无异。碎叶作为安西重镇,经王方翼修筑,名闻遐迩,昌龄遂写入诗中以歌咏出征西陲之将士,实在是顺理成章!"①分析很有说服力。张学忠《常建晚年隐于秦中辨》(《文学遗产》1989年第5期)一文对常建晚年行迹进行辨析,也很有说服力。王达津《孟浩然生平续考》(收入《唐诗丛考》,上海古籍出版社,1986年版)、陈铁民《关于孟浩然生平事迹的几个问题》(《文史》第15辑,中华书局,1982年)、李浩《孟浩然事迹新考》(《唐代文学研究》第1辑,山西人民出版社,1988年)等文章考证孟浩然生平事迹多有新的发现。

李白生平事迹考证历来是学人关注的热点。郁贤皓《吴筠荐李白说辨疑》(《南京师院学报》1981年第1期)一文,对《旧唐书·李白传》中所载李白是被道士吴筠荐到朝廷一事提出质疑,认为李白待诏翰林是玉真公主推荐,绝非吴筠推荐。安旗《元丹丘荐李白入朝说》(《唐代文学论丛》第9辑,陕西人民出版社,1987年)在肯定郁贤皓李白入朝非吴筠举荐说基础上,提出了由元丹丘举荐的说法。

---

① 胡大浚:《王昌龄西出碎叶辨》,《西北师院学报(社会科学版)》1987年第4期。

乔象钟《李白论》(齐鲁书社,1986年版)中《李白漫游的经济来源》一文,驳斥了以往关于李白经济来源种种谬说,对李白经济来源做了入情入理的分析。台湾学者罗联添《李白〈蜀道难〉写作年代考辨》《李白〈蜀道难〉寓意探讨》(均收入其《唐代四家诗文论集》,学海出版社,1996年版)对李白《蜀道难》写作时间和寓意进行深入探讨,综论前人众说,提出自己看法。后文是这一时期探讨《蜀道难》本事篇幅最长、考证最全面的一篇文章。这一时期还出现了王伯祥的《增订李太白年谱》(四川人民出版社,1981年版)、安旗与薛天纬的《李白年谱》(齐鲁书社,1982年版)、李从军《李白考异录》(齐鲁书社,1986年版)、张书城《李白家世之谜》(兰州大学出版社,1994年版)、周勋初《诗仙李白之谜》(台湾商务印书馆,1996年版)、杨栩生《李白生平研究匡补》(巴蜀书社,2000年版)等著作。

杜甫生平事迹考察这一时期也出现了重要成果。如朱东润《杜甫叙论》(人民文学出版社,1981年版)实为一部杜甫传记,以通俗生动的语言,叙述了杜甫一生遭际,对杜甫生活的政治背景分析时见精彩之论。考察杜甫生平事迹最具代表性的是陈贻焮《杜甫评传》。该书共计100多万字,分上、中、下三卷,80年代前期由上海古籍出版社分两次出版。书中详细描述了杜甫生活情况,纠正了许多谬见成说,于前人纠结不清处多有发明。特别是把作者生平事迹与创作情况密切结合起来,得出了许多令人信服的结论。书中综合多学科知识,把杜甫思想和创作放在时代背景进行定位,从而大大提高了对杜甫及其所处时代描述的清晰度①。评传以娓娓道来的笔法,可使读者沉浸

---

① 葛晓音:《〈杜甫评传〉跋》说:"《杜甫评传》博采前代和当代学者研究杜甫的众多成果,借助政治、经济、宗教、哲学、绘画、建筑、音乐、舞蹈、风土人情、(转接下页)

在饶有兴致的阅读当中,是深入了解杜甫生活和创作的最佳读本。传记本来是让人了解一个诗人生平和艺术成就的好形式,在中国古代有着悠久的写作传统,早在《史记》当中司马迁就有《屈原贾生列传》。在西方也有以传记形式叙述作家的传统。但多数学人不太关注诗人传记写作,已出传记当中将学术性和可读性结合得很好的更不多见。陈尚君在《复旦学报》1984年第1期上发表的《杜甫为郎离蜀考》一文,重新探索杜甫离蜀原因,认为:"杜甫永泰元年离开成都草堂携家东下,在四月末严武去世以前。旧说以为杜甫因严武死失去依靠才出走不能成立。前一年杜甫入严武幕府任参谋时,并不带郎职。杜甫离幕后,严武奏请朝廷任命他为检校工部员外郎,并召他赴京,杜甫因而改变了归隐终老于草堂的初衷,于春夏买舟东下。"[①]杨承祖《杜甫政治生涯的新探讨——东川奔走真相的解释》认为:"杜甫东川奔走,不是漫无目的的漂泊,也不是为生事所逼依托州郡,而是以东川幕府客卿的身份,从事严房集团的政治活动。他对严武再镇剑南,有其未必甚大、却很具体的贡献。严武为他奏官,引为节度参谋,友谊而外,主要是为酬庸。"[②]金启华与胡向涛《杜甫评传》(陕西人民出版社,1984年版)、邓绍基《杜诗别解》(中华书局,1987年版)、陈文华《杜甫传记唐宋资料考辨》(文史哲出版社,1987年版)

(转接上页)官场礼俗等各方面的丰富知识,详尽地描绘出安史之乱前后的历史画卷,并将唐代几十位诗人编织在这张社会的大网之中,乃至上挂汉魏六朝、下连宋元明清许多作家,运用综合考察、纵横比较的方法塑造出杜甫的真实形象和复杂性格。"(《杜甫评传》,北京大学出版社,2003年版,第1178页。)

① 陈尚君:《唐代文学丛考》,中国社会科学出版社,1997年版,第286页。
② 杨承祖:《杜甫政治生涯的新探讨——东川奔走真相的解释》,《文史论文集》亦名《郑百因先生八十寿庆论文集》,台湾商务印书馆,1985年版,第183页。

等论著也对杜甫生平事迹做了考证。

这一时期考察中唐诗人生平事迹的著作有傅经顺《李贺传论》（陕西人民出版社，1981年版），钱仲联《李贺年谱会笺》（中国社会科学出版社，1984年版），朱金城《白居易年谱》（上海古籍出版社，1982年版）、《白居易研究》（陕西人民出版社，1987年版），王拾遗《白居易传》（陕西人民出版社，1983年版）、《元稹传》（宁夏人民出版社，1985年版），吴汝煜《刘禹锡传论》（陕西人民出版社，1988年版），高志忠《刘禹锡诗文系年》（广西人民出版社，1988年版），刘光裕与杨慧文《柳宗元新传》（上海人民出版社，1989年版），徐敏霞校释《韩愈年谱》（中华书局，1991年版），卞孝萱、张清华、阎琦《韩愈评传》（南京大学出版社，1998年版），刘国盈《韩愈评传》（北京师范学院出版社，1991年版）、《韩愈丛考》（文化艺术出版社，1999年版），贾晋华《皎然年谱》（厦门大学出版社，1992年版），卞孝萱与卞敏《刘禹锡评传》（南京大学出版社，1996年版），陈新璋《韩愈传》（广东高等教育出版社，1996年版），梁鉴江《柳宗元传》（广东高等教育出版社，1999年版）等。这些著作对这一时期重要诗人生平事迹多有发明。傅璇琮《李德裕年谱》（齐鲁书社，1984年版）堪称是这一时期有关中唐诗人生平事迹考证的代表著作。作者认为："脱离具体的社会历史的研究，不了解作家与当时社会生活的联系，不清楚作家当时的各种人事关系，要确切理解作品的内容，它的思想倾向，它在整个文学发展中的地位和影响，是不可能的。"[1]该年谱编写不局限于谱主一人一事，而是把诗人放在所处时代背景当中，找到谱主与当时社会人物，尤其是著名诗人之间的广泛联系，因此一个诗人

---

[1] 傅璇琮：《李德裕年谱》，齐鲁书社，1984年版，序言第2页。

的年谱几乎成为一个时代的文学编年史。尤其是从中可见中晚唐文学与牛李党争之间极其复杂的关系,这是以往年谱中所不多见的。在1986年到1989年间,台湾学者谢海平写成了《唐大历才子成员及其集团形成原因之考察》《钱起事迹及其诗系年考述》《郎士元里籍及仕履考》等文章,对大历时期几位重要诗人生平事迹做了细致考辨。

这一时期考察晚唐诗人生平事迹的著作有杨柳《李商隐评传》(江苏人民出版社,1981年版)、诸葛计《南唐先主李昪年谱》(江苏古籍出版社,1987年版)等。董乃斌《李商隐传》(陕西人民出版社,1985年版)把历史真实和文学色彩完美地结合起来,对李商隐生平和创作多有发明。吴在庆《唐五代文史丛考》(江西人民出版社,1995年版)对唐五代人物的名字、字、籍贯、登科年、生平仕历、诗文题目、作者、失收作品、诗文人名及作年等问题,进行具体考辨,多有发现。傅璇琮《李商隐研究中的一些问题》一文从王茂元入手对李商隐与牛李党争关系做了详细辨析,从而得出了全新结论。如云:"本文将要说明,王茂元既不是李党,也不是牛党,他与党争无关。当时无论哪一派,都不把王茂元看成党人。因此,李商隐入王茂元幕,也根本不存在卷入党争的问题。""所谓李商隐卷入党争,是会昌末、大中初代表进步倾向的李党走向失败的时候开始的,它显示了李商隐极为可贵的政治品质,表示了李商隐绝不是历史上所说的汲汲于功名仕途、依违于两党之间的软弱文人。"[1]后来李中华的《李商隐与牛李党争》(《文史》第17辑,中华书局,1983年)一文又对傅文所论有所补充。

---

[1] 傅璇琮:《李商隐研究中的一些问题》,《文学评论》1982年第3期。

胡可先《杜牧研究丛稿》(人民文学出版社,1993年版)所收论文题目基本上围绕杜牧文献和生平事迹展开。如《杜牧诗文人名新考》《杜牧交游考略》《杜牧诗真伪考》《杜牧诗文编年》《杜牧诗文与唐史互证》《〈唐才子传·杜牧传〉笺证》《〈杜牧年谱〉商榷》《〈樊川诗集注〉正补》《晚唐五代人书中所见杜牧诗》《〈清明〉诗作者和杏花村地望蠡测》《杜牧诗文杂考》等。

全面整理唐代作家传记也于这一时期启动。如傅璇琮、张忱石、许逸民《唐五代人物传记资料综合索引》(中华书局,1982年版),便是这一工作的开始。傅璇琮在该书前言中说:"若干年来,我在工作之余,一直以唐代文学为主要研究课题。我想先从材料积累着手,对唐代有关的文献资料,作一些初步的系统的整理,编写出一部较为信实可靠的唐代作家的传记,再进而作综合的深入一步的研究。"①与之类似的还有吴汝煜等《唐五代人交往诗索引》(上海古籍出版社,1993年版)。此后傅璇琮又主编了两项工作。一是《唐才子传校笺》,通过整理元人辛文房所作《唐才子传》,详细梳理唐代诗人活动情况。程千帆高度评价这一工作:"这部集二十余位专家的精力,历时十年左右才完成的集体著作,使几百位唐五代诗人的生平事迹,获得了空前细密准确的清理,也使唐五代文学的研究随之而提高到一个空前的水平。"②另一项工作是与陶敏、李一飞、吴在庆、贾晋华等人编写了《唐五代文学编年史》(辽海书社,1998年版)。该书300万字,把唐五代作家的活动按时间顺序详加排列,同时列举

---

① 傅璇琮等:《唐五代人物传记资料综合索引》,中华书局,1982年版,前言第1页。
② 程千帆:《唐五代文学编年史·序》,傅璇琮主编:《唐五代文学编年史》,辽海出版社,1998年版,序言第3页。

当时社会发生的政治、经济、文化活动的重要事件，从中不仅可以看到一个诗人的活动情况，而且可以看到同一时间其他诗人的活动情况。这些成果大大提高了人们了解唐代诗人活动情况的清晰度。

郁贤皓《唐刺史考全编》（安徽大学出版社，2000年版），全书共302万字，也是这一时期出现的研究唐代历史的重要著作。因为唐代许多诗人都曾做过刺史，许多诗人或为刺史幕宾，或为下属，或与之进行诗歌交往，所以该书虽然不是专门研究唐代诗人生活的专著，但对于认识唐代诗人生活经历很有帮助。

周祖譔主编的《中国文学家大辞典·唐五代卷》（中华书局，1992年版），总计约100万字，由卢苇菁、吴在庆、吴企明、吴汝煜、陈允吉、陈尚君、金涛生、贾晋华等专家执笔，这是20世纪学人对唐代诗人生平事迹的一个总结性成果，也是一个开拓性成果。辞典中收录了4010条，所涉人物虽然不都是诗人，但绝大多数是诗人，因此可以说这一本书几乎囊括了唐代所有诗人的传记。

第三节　名家研究取得了可喜成就

这一时期唐代著名诗人研究取得了大量成果，除了李白、杜甫、白居易以外，许多诗人研究都出现了专著，论文更是多得难计其数。

有关初唐诗人专著有韩理洲《陈子昂研究》（上海古籍出版社，1988年版）、吴明贤《陈子昂论考》（巴蜀书社，1995年版）、骆祥发《初唐四杰研究》（东方出版社，1993年版）等。张明非《论王绩的田园诗》（《文学遗产》1990年第1期）是这一时期研究王绩的重要论文,首次对王绩田园诗做了细致分析。毛水清《杜审言四题》(《广西师院学报》1990年第4期和1991年第1期)对杜审言做了较深入研究。

有关盛唐诗人研究著作主要有王晓霞主编《郑虔研究》(浙江古籍出版社,1990年版)、王镝非《张九龄研究论文选集》(广东高等教育出版社,1990年版)、佘正松《高适研究》(巴蜀书社,1992年版)等。但更多论著还是集中在王维、李白、杜甫三个诗人。

王维研究专著有陈铁民《王维新论》(北京师范学院出版社,1990年版),台湾学者皮述民《王维探论》(联经出版公司,1999年版)以及杨文雄的《诗佛王维研究》(文史哲出版社,1988年版)等。陈铁民《王维新论》收王维研究论文14篇,"从各个角度,对王维的生平事迹、交游、隐逸、信仰,王维诗的禅意、写情、写景、风格以及诗的真伪,做了较全面的深入探讨,取得了突破性的成就"①。其中《从王维的交游看他的志趣和生活态度》一文,"选题就很新颖别致。经过认真考索,指出王维生平交往者多为中下级官吏、怀才不遇者、隐士、居士、和尚、道士,无论张九龄罢相和安史之乱以前或以后,他大抵是接近正臣而疏远佞人的,这些看法皆发人所未发,富于启迪性"②。《王维诗歌的写景艺术》"是探讨王维诗歌艺术特色的专章。……指出以画法入诗确是他独到之处,但并非所有的画法都能入诗。……他在创作那些仿佛具有鲜明视觉形象效果的'有画'之诗时,用的主要仍然是诗法而非画法。若仅以'诗中有画'来概括其

---

① 傅璇琮、罗联添主编:《唐代文学研究论著集成》第3卷,三秦出版社,2004年版,第392页。
② 陈贻焮:《〈王维新论〉序》,陈铁民:《王维新论》,北京师范学院出版社,1990年版,第2—3页。

写景诗歌艺术的主要特点与成就,则嫌片面。……见解多有独到之处。"①陶文鹏《传天籁清音,绘有声图画——论王维诗歌表现自然音响的艺术》一文准确地描述出王维诗歌的艺术特征,体现了作者很强的艺术感受力、理论思辨能力和文字表达能力。如云:"他所写的声音,不单是他'耳中所闻'的自然之声,而且更是浸透了他的感情的'心中之声',试看《过香积寺》:'不知香积寺,数里入云峰。古木无人径,深山何处钟?泉声咽危石,日色冷青松。薄暮空潭曲,安禅制毒龙。'……这里所表现的景色和声音那么森冷幽寂。它们既是客观大自然的反映,又被诗人涂上了浓厚的禅学寂灭的主观感情色彩。"②陶文鹏还有《论孟浩然的诗歌美学观》(《文学评论》1984年第1期)一文,也是这一时期研究孟浩然诗歌艺术成就最有分量的文章。这些文章不仅精确地描述出诗人的艺术特征,而且体现了作者注重诗歌本体研究的思想。

这一时期出现了许多研究李白著作。如裴斐《李白十论》(四川人民出版社,1981年版)、安旗《李白研究》(西北大学出版社,1987年版)、刘忆萱与管士光《李白新论》(山西人民出版社,1987年版)、葛景春《李白思想艺术探骊》(中州古籍出版社,1991年版)、《李白与中国传统文化》(台湾群玉堂出版公司,1991年版)、郑修平《李白在山东论考》(山东友谊书社,1991年版)、吴明贤《李白与四川》(成都科技大学出版社,1992年版)、康怀远《李白论探》(陕西人民教育出版社,1992年版)、房日晰《李白诗歌艺术论》(三秦出版社,1993

---

① 陈贻焮:《〈王维新论〉序》,陈铁民:《王维新论》,北京师范学院出版社,1990年版,第3—4页。
② 陶文鹏:《传天籁清音,绘有声图画——论王维诗歌表现自然音响的艺术》,《文学评论》1983年第2期。

年版)、茆家培与李子龙《谢朓与李白研究》(人民文学出版社,1995年版)、梁森《谢朓与李白管窥》(人民文学出版社,1995年版)、陶新民《李白与魏晋风度》(中国广播电视出版社,1996年版)、孟修祥《谪仙诗魂》(湖北人民出版社,1996年版)、杨海波《李白思想研究》(学林出版社,1997年版)、郁贤皓《天上谪仙人的秘密——李白考论集》(台湾商务印书馆,1997年版)、张瑞君《大气恢宏——李白与盛唐诗新探》(山西古籍出版社,1997年版)、王辉斌《李白求是录》(江西人民出版社,2000年版)、中国李白研究会和马鞍山李白研究所编《李白研究论文精选集》(太白文艺出版社,2000年版)等。这些论著从各个角度审视李白及其创作,较前人研究明显细致深入。如刘忆萱与管士光《李白新论》除了继续论述李白家世、生平、思想、创作外,还对李白诗分类进行考察,所立标题如"李白的古诗五十九首""李白对乐府诗的继承与创新""李白的五、七言律诗""李白的五、七言绝句"等。上述著作中探讨李白与小谢关系著作就有两种,说明李白研究在某些专题上已经非常深入。1995年郁贤皓主编的《李白大辞典》(广西教育出版社)出版,这是第一部专门为一个诗人编写的辞典,说明李白研究已经进入十分丰富的阶段。然而关于李白似乎有说不尽的话题,郁贤皓《天上谪仙人的秘密——李白考论集》(台湾商务印书馆,1997年版)、周勋初《诗仙李白之谜》(台湾商务印书馆,1996年版)分别以"秘密""之迷"来命名著作,就可看到李白研究虽然已经十分丰富和深入,但还有许多不解之处,值得学术界继续探讨。

杜甫研究这一时期也出版了一系列著作。傅庚生与傅光《杜甫论集》(黑龙江人民出版社,1986年版)、张忠纲《杜诗纵横探》(山东大学出版社,1990年版)、台湾学者吕正惠《杜甫与六朝诗人》(台北大安出版社,1989年版)、朱明伦《杜甫散论》(辽宁大学出版社,1993年版)、莫砺锋《杜甫评传》(南京大学出版社,1993年版)、王辉斌《杜甫研究丛稿》(中国文联出版公司,1999年版)等等。莫砺锋《杜甫评传》虽曰"评传",但与陈贻焮、金启华两种《杜甫评传》不同,它不以时间为线索描述诗人生平事迹,而是论述杜甫生活、思想、创作各个方面,实为一部全面论述杜诗的专著。香港学者邝健行《论杜甫前期的诗歌》,深入分析了杜甫前期诗歌成就,认为:"安史之乱无疑对杜甫的创作产生重大的影响作用。诗人身经丧乱,目睹灾难,确写下了不少好诗。然而并不等于说,在此以前的作品便无甚可取。前期的作品跟安史之乱以后的作品相比,其实绝不逊色。……可以说,杜甫即使在安史之乱之前去世,光凭这一百三十来篇作品,仍旧可以站在唐代第一流诗人之列的。"①

这一时期出现一批杜诗学研究论著,如廖仲安《杜诗学》(《唐代文学研究》第6辑,广西师范大学出版社,1996年)、许总《杜诗学通论》(台湾圣环图书公司,1997年版)、侯孝琼《少陵律法通论》(中州古籍出版社,1996年版)、台湾学者简恩定《清初杜诗学研究》(文史哲出版社,1986年版)等。

人们关注不多的中唐诗人在这一时期也受到了较多关注。如陈顺智《刘长卿诗歌透视》(湖北人民出版社,1994年版)、迟乃鹏《王建研究丛稿》(巴蜀书社,1997年版)、纪作亮《张籍研究》(黄山书社,1986年版)等。而蒋寅《论戴叔伦诗》(《文学遗产》1988年第1期)、马自力《论韦柳诗风》(《中国社会科学》1989年第5期)则是有

---

① 香港浸会学院中国语言文学系主编:《唐代文学研讨会论文集》,文史哲出版社,1987年版,第58—59页。

关戴叔伦和韦应物的主要论文。储仲君的《大历十才子的创作活动探索》全面考察了大历十才子的创作活动，充分肯定了十才子的长处，一改以往人们对大历十才子一笔抹杀的态度。如云："他们在公开场合高唱赞歌，私下里则经常牢骚满腹，而且往往把他们的不平倾注在诗歌里，因此他们也有许多具有真情实感的作品。……十才子在细心观察景物、表现它的诗意的美、创造尖新的意境方面，也有值得注意的成就。"①

这一时期韩愈诗歌也受到了较多关注。1982年舒芜发表了《论韩愈诗》一文，对韩诗特点做了深入分析："以上说的，可以综合为两句话：一是在诗的内容上，通过'狠重奇险'的境界，追求'不美之美'；一是在诗的形式上，通过散文化的风格，追求'非诗之诗'：这就是诗人韩愈对我国诗歌艺术的发展所作的巨大贡献。"②阎琦《韩诗论稿》（陕西人民出版社，1984年版）是较早系统论述韩诗的著作。书中全面论述了韩愈生平、思想、艺术风格以及历史地位。例如《"韩诗为唐诗之一大变"》一篇论述韩愈大变诗风功绩就很有力量："柔靡的大历诗风是韩愈诗大变的契机，取法李杜为韩诗大变带来了胆识，而韩愈个人不甘居人后的性格是大变的基础。"③他"有针对性地一力扭转大历诗风，务反其道，自觉地在诗坛上开辟一条新路"。何法周《韩愈新论》（河南大学出版社，1988年版）、张清华《韩学研究》（江苏教育出版社，1998年版）、台湾学者李建昆《韩愈诗探析》（台湾师范大学国文研究所博士论文，1991年）也都是这一时期

---

① 储仲君：《大历十才子的创作活动探索》，《文学遗产》1983年第4期。
② 舒芜：《论韩愈诗》，《中国社会科学》1982年第5期。
③ 傅璇琮、罗联添主编：《唐代文学研究论著集成》第3卷，三秦出版社，2004年版，第152页。

韩诗研究的重要著作。

这一时期元白研究著作有台湾学者施鸿堂《白居易之研究》(台北天华图书公司,1981年版)、杨宗莹《白居易研究》(文津出版社,1985年版)等,大陆学者王拾遗《元稹论稿》(陕西人民出版社,1994年版)、谢思炜《白居易集综论》(中国社会科学出版社,1997年版)、刘维治《元白研究》(人民教育出版社,1999年版)等。其中谢思炜《白居易集综论》是这一时期研究白居易最为深入的著作。书中上编考证白居易集版本问题,下编论述白居易家世、早年生活、各种思想、叙事诗创作等问题。

其他诗人研究专著有台湾学者何淑贞的《柳宗元诗研究》(台北福记文化图书公司,1989年版)、尤信雄的《孟郊诗研究》(文津出版社,1984年版)以及大陆学者萧瑞峰的《刘禹锡诗论》(吉林教育出版社,1995年版)等。其中尤著对孟郊籍里、性格、思想、交游、批评、创作、风格等方面展开论述,是这一时期孟郊研究最为厚重的一项成果。胡中行《略论贾岛在唐诗发展中的地位》(《复旦学报》1983年第3期)是继闻一多提出"贾岛时代"这一概念后又一个对贾岛诗歌历史地位进行分析的文章,为后来学人深入研究姚贾诗派起到了重要的过渡作用。李贺仍然是人们关注较多的诗人。房日晰与李明章《李贺诗歌艺术上的瑕疵》(《贵州师院学报》1981年第1期)针对李贺诗歌形象或意境不完整的特点做了分析。陶文鹏《论李贺诗歌的色彩表现艺术》(《文学评论》1997年第6期)对李贺诗中色彩的运用做了分析。

这一时期唐诗研究的最大突破是把李商隐的地位提到了前所未有的高度。在吴调公、刘学锴、余恕诚、罗宗强、董乃斌、王蒙、黄世忠等学人努力下,李商隐研究甚至出现了持续多年的热潮。吴调公

《李商隐研究》（上海古籍出版社，1982年版）全面论述李商隐，对后来李商隐研究热的兴起有推动作用。台湾学者黄永武《李商隐的远隔心态》（原载《中国诗学·思想篇》，1984年版）一文对李商隐诗中表现出来的远隔心理做了深入分析。颜昆阳《李商隐诗笺释方法论》（台湾学生书局，1991年版）对清代以来盛行的"知人论世""以意逆志"两种方法的得失做了分析，认为应该建立起"作品—作者—世界—读者"这样一个周延的笺释系统。董乃斌《李商隐的心灵世界》（上海古籍出版社，1992年版）深入探视李商隐的心灵世界，对李商隐诗歌朦胧、感伤、深邃、细密等特点做出了深入而清晰的揭示。这一时期还出现一批关于李商隐颇有学术含量的文章。如刘学锴《李商隐的托物寓怀诗及其对古代咏物诗的发展》指出："最能体现其咏物诗艺术特征、代表其艺术成就的，则是托物寓怀之作。从发展传统的角度来考察，他的这类诗最主要的特色与贡献，是实现了从类型化到个性化的转变。"[1]余恕诚《李商隐诗歌的多义性及其对心灵世界的表现——兼谈李诗研究的方法问题》（《文学遗产》1997年第2期）从李商隐内心世界活动解释其诗歌的多义性。王蒙《李商隐的挑战》（《文学遗产》1997年第2期）认为李商隐的诗歌以其独特性、丰富性对以往文学传统构成了挑战，号召人们以研究李商隐为契机，把我们国家文学理论水平和文学史写作水平以及诗歌创作水平提高到一个新境地。1998年王蒙与刘学锴主编《李商隐研究论集》（广西师范大学出版社）出版，而同年刘学锴的《李商隐诗歌研究》（安徽大学出版社）也得以问世。刘著分"本体篇""源流篇""研究史篇""考

---

[1] 刘学锴：《李商隐的托物寓怀诗及其对古代咏物诗的发展》，《安徽师大学报（哲学社会科学版）》1991年第1期。

辨篇""余论篇",对李商隐诗诸多层面展开深入论述,是作者研究李商隐成果的集成之作。

曹中孚《晚唐诗人杜牧》(陕西人民出版社,1985年版)、吴在庆《杜牧论稿》(厦门大学出版社,1991年版)是这一时期出版的杜牧研究专著,有关杜牧的许多问题在这一时期都有了深入探讨。如吴在庆《试论杜牧的党派分野》一文就详细剖析了杜牧与牛李两党关系,结论持重公允。他说:"我们认为杜牧因与牛党有很深的人事关系,又受到李党的排斥,逐渐产生怨恨李党的情绪。因此在接近晚年时,他明显地偏向牛党。但尽管如此,他在大多数时候却能够不为牛、李党争圈子所围住,而能以国家大局为重,凭公对待。"[①]李立朴《许浑研究》(贵州人民出版社,1994年版)、罗时进《晚唐诗歌格局中的许浑创作论》(太白文艺出版社,1998年版)对前人关注不多评价不高的许浑做了深入研究。

项楚《王梵志诗论》(《文史》第31辑,中华书局,1988年)全面论述了王梵志诗,代表着这一时期人们对王梵志诗歌认识的最高水平。这一时期台湾出现了一些有关敦煌诗歌研究的成果。如朱凤玉《王梵志诗研究》(台湾学生书局,1987年版)、金贤珠《唐五代敦煌民歌》(文史哲出版社,1989年版)、宋二燮《敦煌通俗诗考论》(逢甲大学中文所硕士论文,1995年)、周宏芷《敦煌陷蕃诗歌研究》(逢甲大学中文所硕士论文,1999年)、杨明璋《敦煌世俗诗歌研究》(台湾师范大学国文所硕士论文,1999年)等。张兴武《五代作者的人格与诗格》(人民文学出版社,2000年版)是这一时期论述五代诗人的著作。

---

① 吴在庆:《试论杜牧的党派分野》,《人文杂志》1987年第2期。

第四节　词学研究有了新开拓

　　1981年,夏承焘、唐圭璋、施蛰存、马兴荣主编《词学》创刊,由华东师范大学出版社出版。90年代湖北大学词学研究中心主办的《词学通讯》问世。2000年由中国社会科学院文学研究所和湖北大学人文学院主办,由刘扬忠、王兆鹏、刘尊明主编的《词学研究年鉴(1995—1996)》由武汉出版社出版。这些都标志着词学研究活动进入了一个活跃时期。纵观这一时期的成果,在总集编纂、词学理论建构、词人风格批评、词史写作等方面,都有了新突破。

　　这一时期有两部《全唐五代词》编辑出版。1986年张璋与黄畲编《全唐五代词》由上海古籍出版社出版,全书收词凡2500首,姓名可考的词人170余家,较之林大椿《唐五代词》在收录范围、编排体例上,都有明显进步。该书还把与词作相关评论附在词下,类似于"集评",虽然体例与以往总集不太相类,但方便读者检索资料。该集一个最大问题是诗词界限不清,把《杨柳枝》《竹枝词》等齐言歌诗收入到了词集当中。曾昭岷、曹济平、王兆鹏、刘尊明等人编《全唐五代词》2000年由中华书局出版,较之张、黄所编增补了《船子和尚拨棹歌》39首、易静的《兵要望江南》220首。该集特别注意诗词分际问题,采用"正编""副编"形式,把他们能确认是词的编入正编,把难以确定的编入副编。然而由于诗词分际判定标准还不清晰,所以划分虽然较张、黄所编有所进步,但依然没有完全解决问题。王兆鹏《唐宋词史论》(人民文学出版社,2000年版)第五章"词籍考"对《兵要望江南》进行考证,具体成果也反映在《全唐五代词》编著当中。

　　这一时期还出现一些词人别集的整理成果。如曾昭岷《温韦词新校》(上海古籍出版社,1988年版)、蒋哲伦增校由朱祖谋校过的《尊前集》(江西人民出版社,1984年版)、刘金城《韦庄词校注》(中国社会科学出版社,1981年版)、沈祥源与傅文生《花间集新注》(江西人民出版社,1997年版)等。

这一时期唐五代词的普及工作也取得一些成绩。如唐圭璋《唐宋词简释》(上海古籍出版社,1981年版)、唐圭璋与潘君昭合注《唐宋词选注》(北京出版社,1982年版)、夏承焘《唐宋词欣赏》(百花文艺出版社,1980年版)、刘永济《唐五代两宋词简析》(上海古籍出版社,1981年版)、吴熊和与蔡义江等《唐宋诗词探胜》(浙江人民出版社,1981年版)等[①]。黄进德《唐五代词选集》(上海古籍出版社,1993年版)、乔力《唐五代词选》(人民文学出版社,2000年版)等两部唐五代词选也在这一时期出版。唐圭璋与钟振振主编的《唐宋词鉴赏词典》(江苏古籍出版社,1986年版)、上海辞书出版社编的《唐宋词鉴赏辞典》(上海辞书出版社,1988年版),也于这一时期出版。

词学研究体系的建立也取得了较大进步。如唐圭璋与金启华合作的《历代词学研究述评》(《词学》1981年第1期)一文,从词的起源、词乐、词律、词韵、词人传记、词集版本、词集校勘、词集笺注、词学辑佚、词学评论十个方面对历代词学进行总结,较之传统词学内容更

[①] 此外尚有姜超《唐宋词解析》(内蒙古教育出版社,1981年版)、虢寿麓《历代名家词百首赏析》(湖南人民出版社,1982年版)、徐育民与赵慧文《历代名家词赏析》(北京出版社,1982年版)、张碧波与李宝垫《宋诗词赏析》(黑龙江人民出版社,1983年版)、人民文学出版社编辑部编《唐宋词鉴赏集》(人民文学出版社,1983年版)、张燕瑾与杨钟贤《唐宋词赏析》(天津人民出版社,1985年版)、王立俊与张曾峒《唐宋词赏析》(山东文艺出版社,1984年版)、王新霞《花间词派选集》(北京师范学院出版社,1993年版)。

加丰富,分类上更加科学,而综述的形式也使该文具备了词学史的雏形。吴熊和《唐宋词通论》(浙江古籍出版社,1985年版)全书共分7章:词源、词体、词调、词派、词论、词籍、词学,确立了唐宋词研究的基本框架。该著在以往词学论著基础上,重新审视词学研究,既保留了词学研究传统,又加入了新的视角,把传统词学纳入到现代学术格局。龙榆生《词学十讲》(福建人民出版社,1989年版)、吴丈蜀《词学概论》(中华书局,1983年版)、宛敏灏《词学概论》(上海古籍出版社,1987年版)也是这一时期出版的词学理论著作。1994年方智范、邓乔彬、周圣伟、高建中合著的《中国词学批评史》(中国社会科学出版社)出版,中有"唐五代词论"一章,谈到了唐人关于词乐的论述以及五代欧阳炯《花间集序》表现出来的"侧艳"理论。

词史写作在这一时期也有了长足发展。杨海明《唐宋词风格论》(上海社会科学院出版社,1986年版),首先从风格角度对唐五代词做了整体描述。其《唐宋词史》(江苏古籍出版社,1987年版),是建国后第一部唐宋词史,从文化、民俗等角度对词的起源做了新的阐释,对唐五代词发展线索做了全新描述。刘扬忠《唐宋词流派史》(福建人民出版社,1999年版)虽说是论唐宋词流派,实际上也大致勾画出了唐宋词的发展历史。书中将晚唐五代词定位为"初显流派端倪"的时期。缪钺与叶嘉莹合著的《灵溪词说》(上海古籍出版社,1987年版)除了论述词的起源外,论述杜牧、温庭筠、韩偓、韦庄、冯延巳、李璟、李煜以及《花间词》,也相当于一种唐五代词发展史。台湾学者李若莺《唐宋词鉴赏通论》(高雄复文图书出版社,1996年版),意在建构词的鉴赏理论,也论及词的起源、形式、流派、风格等问题。

刘尊明《唐五代词论稿》(文化艺术出版社,2000年版)是论述唐五代词的专著。著作分A篇"发生史论"三章,专门论述词的起源,对词名及其本质特征、词的起源原理及其时间、词的起源于民间等问题展开论述;B篇"发展史论"四章,将唐五代词分为敦煌民间词、初盛唐文人词、中晚唐文人词、五代文人词四部分进行阐述;C篇"作家述论"三章,对温庭筠、孙光宪、李珣三位词人进行论述;D篇"学术史论"三章,对历代词学家关于词的起源的论述、20世纪学人关于敦煌曲子词整理的回顾、20世纪唐五代词研究三个问题展开论述。这是大陆学者当中对唐五代词综合论述用力最多的一部专著。

这一时期台湾学者的唐宋词研究也很有特色。如张梦机《词律探源》(文史哲出版社,1981年版)、徐信义《词谱格律原论》(文史哲出版社,1995年版)、王伟勇《以唐五代小令为例试述词律之形成》(《东吴文史学报》11期,1993年3月)继续探讨30年代龙榆生等人关注的词律问题。《花间集》研究,张以仁的研究最有特色。他采用统计分析方法,以翔实的统计数据驳斥前人成说。如云:"以作品为纲,统计得行旅、边塞、人物、别情、写景、吊古、咏怀、风土、忧患、赏游、登科、咏物、闲适、神仙、咏史、隐逸等十六类,以破历来学者误以《花间》写作范围狭隘的成见,兼论敦煌学者王重民辈的谬见,更提供了与敦煌词比较的基础,对探讨宋词的源流也应该有些助力。"[①]其《温庭筠词中的女性称谓词汇》(《传统与创新——"中央研究院"中国文哲研究所十周年纪念论文集》,1999年12月)通过对温词中女性称谓的统计分析,发现"温词表面冷静而客观,称谓词所显示的身份、地位,以及人际关系,对温词来说都不重要"。相比较而言,韦

---

① 傅璇琮、罗联添主编:《唐代文学研究论著集成》第8卷,三秦出版社,2004年版,第659页。

庄词主观抒情成分就大得多了。其《温庭筠〈菩萨蛮〉词的联章性》（《中国文化研究所学报》第7期，1998年）分析温庭筠《菩萨蛮》词是否为联章问题。探讨类似问题的还有洪华穗《试从文类的观点看温庭筠词的联章性》（《中华学苑》第51期，1998年2月）。洪华穗《〈花间集〉的主题与感觉》（文津出版社，1999年版）、江聪平《韦端己及其诗词研究》（高雄师范大学国文系博士论文，1997年）也是这一时期出现的专门论述唐五代一个词人或一个词集的专著。

在敦煌词研究上最值得称道的是林玫仪所作的工作。其《敦煌曲子词斠证初编》（东大图书公司，1986年版）在敦煌曲子词校订方面后出转精。其《论敦煌曲的社会性》（《文学评论》二，1975年10月）、《敦煌学在词学研究上的价值》（《敦煌学研讨会论文集》，1986年8月）、《研究敦煌曲子词之省思》（《第二届敦煌学国际研讨会论文集》，1991年6月）则是在文献基础上对敦煌曲子词的进一步研究。这一时期香港学者饶宗颐在敦煌词研究上也作出了很好成绩。如《从敦煌所出〈望江南〉〈定风波〉申论曲子词之实用性》（《第二届敦煌学国际研讨会论文集》，1991年6月）分析曲子词在当时社会生活中的作用，角度新颖。其《"唐词"辨正》（香港《九州学刊》第4卷第4期，1992年），则是针对任半塘《敦煌曲总编》中使用"曲子"这一概念，对"唐词"称呼做了辨析，为敦煌曲子词进行正名。

第五节　诗史描述更加丰富清晰

随着思想不断解放，以往诗歌史上许多固有提法受到了质疑。如王启兴《白居易领导过新乐府运动吗？》（《江汉论坛》1985年第10期）、周明《论唐代无新乐府运动》（《唐代文学研究》第2辑，广西师范大学出版社,1990年)等文章对以往文学史上所谓新乐府运动的提法提出了质疑。有关边塞诗价值认定也是80年代前期争论颇多的话题。清算以往文学史中阶级分析论,也成为学人们的自觉行为。如牖人《论〈秦妇吟〉的艺术真实》(《文学评论》1987年第2期)深入分析了韦庄《秦妇吟》一诗所反映的时代特点,全面肯定了该作的现实意义。吴承学《关于唐诗分期的几个问题》(《文学遗产》1989年第3期)针对有人质疑唐诗分为四期的合理性,重新申述了"四唐说"的合理性。随着唐诗研究不断走向深入,唐代诗歌史的描述变得更加丰富,清晰度也有了大幅提高。

在初唐诗歌描述方面,葛晓音《论初盛唐诗歌革新的基本特征》(《中国社会科学》1985年第2期)是一篇纲领性的论文,勾画出了初盛唐诗歌发展的基本脉络,对这时期诗歌发展基本问题和特征都做了深刻阐述。后来她所作《初唐四杰与齐梁诗风》(《求索》1990年第3期)、《论宫廷诗人在初唐诗歌艺术发展中的作用》(《辽宁大学学报》1990年第4期)等一系列文章又进一步深化了这些论述。徐尚定《走向盛唐》(中国社会科学出版社,1994年版)、杜晓勤《齐梁诗歌向盛唐诗歌的嬗变》(商鼎文化出版社,1996年版)则是从文化角度对初唐诗风演变历程做了阐释。袁行霈《百年徘徊——初唐诗歌的创作趋势》(《北京大学学报》1994年第6期)从诗人地位、境界到诗歌思想、体式等方面描述了初唐诗歌的百年演变历程。

林庚在五六十年代写的《陈子昂与建安风骨——古代诗歌中浪漫主义传统》《盛唐气象》《山水诗是怎样产生的》《唐诗的语言》《唐诗的格律》《唐代四大诗人》等一系列文章基础上,又写出了《略谈唐诗繁荣的一些标志》一文。这些文章基本上奠定了盛唐诗的描述格局。例如《略谈唐诗繁荣的一些标志》对唐诗繁荣与歌诗传唱关系的揭示:"唐诗的走向高潮,诗歌的特色就表现为更近于自然的流露;这乃是艺术上的归真返朴,语言上的真正解放;建安以来诗曾经一度离开了歌的传统,这时便又重新接近起来。……绝句的涌现因此乃成为诗坛上一个新的突破。唐人歌唱的诗以绝句为主。……绝句乃是最宜于歌唱的。绝句来源于民歌,南北朝民歌中早已出现了大量的绝句,但是诗人中却很少这类的写作,直到盛唐诗歌高潮的到来,绝句才一跃而为诗坛最活跃的表现形式。……如果说建安以来的五言古诗还难免较多的散文成分,那么绝句也就意味着诗歌语言的更为纯净化;绝句的登上诗坛,因此可说是五七言诗充分成熟的又一个鲜明的标志。唐人的七古相对的说要比五古活跃得多,就因为五古还不免有时习惯于长期以来过渡性的表现方式,而七古则是全新的。七古正如绝句,也都是到了盛唐诗歌高潮的到来,才一跃而为诗坛的宠儿。五古一般颇少换韵,而七古则总是不断的换韵。例如李颀的《古从军行》:……短短的十二句,就三易其韵,每一韵其实也就相当于一个绝句。七古远自曹丕的《燕歌行》、鲍照的《拟行路难》,就是以歌行起家的,它与绝句在歌的传统上所以有着一脉相通之处。七古也正如绝句并不是唐代才有的,而是古已有之;但是都要等到唐诗的高潮中才大显身手,这难道仅仅是偶然的吗?"①

葛晓音《山水田园诗派研究》(辽宁大学出版社,1993年版)系统地描述山水田园诗发生发展历程,肯定了陶谢以来众多诗人对山水田园诗内涵的丰富。书中论述唐代诗歌部分实际上是唐代山水田园诗简史。张明非《唐音论薮》(广西师范大学出版社,1993年版)中的《论王绩的田园诗》《略论初唐"四杰"的山水诗》《论张九龄山

---

① 林庚:《唐诗综论》,人民文学出版社,1987年版,第55—57页。

水诗的清澹风格》《王维山水诗的艺术特色》等文章在描述唐代山水诗发展历程上也做出了独特贡献。如对张九龄开创清澹风格的论述:"张九龄山水诗清而不流于薄,正在于有风骨。具体说来,就是他笔下的山水不只是审美对象,更是他深沉丰富的思想感情的寄托,因此他描写景物虽不去刻意求工,却自然流露出一种动人的力量。……不作精雕细刻,惟重兴会标举,兴象玲珑,韵味悠长,这也是张九龄清澹风格的一个特征。"[1]以往人们对山水田园诗与盛唐之音的关联一直揭示得不够清晰,类似对张九龄的描述使人们清楚地看到了其间的关键环节。葛晓音《论开元诗坛》(《诗国高潮与盛唐文化》,北京大学出版社,1998年版)描述了盛唐诗坛各种诗歌内涵形成过程,不同于以往对盛唐诗坛不分时段地一概而论。

大幅提高中唐前期诗歌描述清晰度的是蒋寅《大历诗风》(上海古籍出版社,1992年版)。该书从"气骨顿衰""主题取向""空间感觉""意象结构和叙述结构""在形式上的贡献"等方面,全面地考察了中唐前期(至德元年到贞元八年)的诗歌特点。有人评价说:"本书是第一部系统研究大历诗歌的专著,也是国内第一部综合性地研究一个诗史时段的著作。本书将历来不被人重视的大历诗歌作为唐诗史上一个特殊的时段来研究,通过与开元、元和两个高峰的比较,揭示出它独特的价值及作为由盛转中的转折点在唐诗乃至整个中国诗史上的意义,使诗史的内在脉络愈益清晰地凸现出来。"[2]作者后来所著《大历诗人研究》(中华书局,1995年版),"在前者的基础上,

---

[1] 张明非:《论张九龄山水诗的清澹风格》,《晋阳学刊》1999年第1期。
[2] 傅璇琮、罗联添主编:《唐代文学研究论著集成》第5卷,三秦出版社,2004年版,第25页。

将对大历诗的研究深入到诗史、流派、诗人及其具体作品中去,对大历诗本身的历史演变和它承前启后的具体路径做了细致的考察和分析"[1]。赵昌平《"吴中诗派"与中唐诗歌》(《中国社会科学》1984年第4期)、尹占华《大历浙东和湖州文人集团的形成和诗歌研究》(《文学遗产》2000年第4期)是描述中唐前期江南诗人活动的两篇重要文章。葛晓音《论天宝至大历间诗歌艺术的渐变——从杜甫和岑参等诗人创新求变的共同倾向谈起》(《诗国高潮与盛唐文化》,北京大学出版社,1998年版)从艺术创变角度论述从天宝到中唐前期诗歌的变化过程。

中唐后期诗歌在90年代中期得到了更多学人的关注,使这个"大变"期诗歌所呈现出来的种种特点得到了更为全面的描述和更为系统的阐释。孟二冬《中唐诗歌之开拓与新变》(北京大学出版社,1998年版)从诗人追求创新、审美趣味的变化以及佛学影响等角度对中唐后期诗歌的变化做了分析。吴相洲《中唐诗文新变》(商鼎文化出版社,1996年版)从行为风范、思想性格、精神境界、构思方式、审美观念五个方面分析了盛唐诗的总体风格,即骨力遒劲、兴象玲珑、神采飘逸、平易自然四个特点及其在中唐的发展变化过程,尤其分析了韩孟、元白两大诗派在诗风变化中的不同表现。肖占鹏《韩孟诗派研究》(文津出版社,1994年版;南开大学出版社,1999年版)从诗派形成、审美趋向、诗学渊源、精神世界、历史地位等各方面对韩孟诗派展开整体研究,毕宝魁的《韩孟诗派研究》(辽宁大学出版社,2000年版)则把更多精力放在了对韩孟诗派各家特点具体描

---

[1] 傅璇琮、罗联添主编:《唐代文学研究论著集成》第5卷,三秦出版社,2004年版,第87页。

述上,可以同时参看。

进入90年代以后,晚唐诗歌的发展变化历程也在众多学人的努力下变得更加清晰。袁行霈《在沉沦中演进——试论晚唐诗歌创作趋向》(《中华文史论丛》第48辑,上海古籍出版社,1991年)从诗人情感、价值取向,诗歌创作使用的意象、意境等方面,描述了晚唐诗歌发展的大趋势。而其他学人则对晚唐时期众多而复杂的诗人群体活动予以关注。如吴在庆《中晚唐的苦吟之风及其成因初探》(《中州学刊》1996年第6期),对苦吟诗人群体的创作特点和心理特征做了深入而细致的分析。刘宁《"求奇"与"求味"——论姚贾五律的异同及其在唐末五代的流变》(《文学评论》1999年第1期)则是从文体的角度揭示姚贾诗派的特点。臧清《论唐末诗派的形成及其特征——以咸通十哲为例》(《文学评论》1997年第5期)则是对唐末诗人群体活动的描述。任海天《晚唐诗风》(黑龙江教育出版社,1998年版)首次以专著形式对晚唐诗风做了总体性描述。

对于五代诗歌,学人多把精力放在词上,很少有人对五代诗进行单独研究。2000年张兴武《五代作家的人格与诗格》(人民文学出版社)出版,改变了这种局面。书中以政治环境变化到诗人活动变化,再到诗人性格变化为线索,对五代诗歌思想和内容做了描述,对五代诗作为唐宋诗的过渡特色进行了分析。

总之,在20世纪后二十年学人们对唐代各阶段诗歌发展的趋势都做了不同程度的描述。这一时期也出现一批试图从总体上描述唐诗史的著作。

刘开扬《唐诗通论》(四川人民出版社,1983年版)串讲唐代各个时期代表性的诗人及其作品,虽然不是严格意义上的诗史,但具备了唐诗史的大致格局。罗宗强《隋唐五代文学思想史》(上海古籍出版社,1986年版)在描述隋唐五代文学思想史的同时,也勾画出了唐代诗人诗歌创作上审美观念的历史,是对唐诗发展"内史"的深入揭示。例如书中所述盛唐人追求骨力遒劲、兴象玲珑、平淡自然,实际上是揭示了盛唐之音的内涵,而盛唐之音正是唐诗发展史的核心概念,盛唐之音形成和演变过程,实际上也是唐诗发展历程。其《唐诗小史》(陕西人民出版社,1987年版)是其写作文学思想史的副产品,把唐诗分成初唐、盛唐、转折时期、中唐、晚唐五个时段来叙述,是这一时期出现的第一部唐诗史。再如余恕诚《唐诗风貌》(安徽大学出版社,1997年版),全面描述了唐诗各个时期的风格,并对这些风格成因做了多角度阐释,虽无诗史之名,却有诗史之实。朱明伦《唐诗纵论》(辽宁大学出版社,1995年版)着眼于唐诗发展的"纵"的角度,"通论唐诗初、盛、中、晚四个时期的成就与特色,理出近三百年唐诗发展的脉络"[①]。

许总《唐诗史》(江苏教育出版社,1994年版),该书95万字,是这一时期出现的文字规模最大的诗史。该著作打破传统的唐诗四分法,把唐代诗歌分成"承袭期""自立期""高峰期""扭变期""繁盛期""衰微期"六个时段进行描述。杨世明《唐诗史》(重庆出版社,1996年版)也是这一时期出现的描述唐诗史的著作。

乔象钟与陈铁民主编《唐代文学史(上)》、吴庚舜与董乃斌主编《唐代文学史(下)》(人民文学出版社,1995年版),属于中国社会科学院文学研究所编纂的"中国文学通史系列"的唐代部分,这是建国后出版的规模最大的唐代文学史。其中关于唐诗史的描述,立论公

[①] 傅璇琮、罗联添主编:《唐代文学研究论著集成》第5卷,三秦出版社,2004年版,第84页。

允,材料丰富,所涉诗人众多,注意吸收学术界研究成果。该书仍然沿袭文研所1962年编文学史老的叙述框架,仍以重要诗人为主干,介绍诗人的生平、内容、艺术、地位,但由于编写者都能本着实事求是的精神,将每个诗人特点一一介绍当中,所以有许多新鲜叙述。"李白是浪漫主义诗人""杜甫是现实主义诗人""新乐府运动"等概念虽然沿用,但已经不是叙述中的主干了。

章培恒与骆玉明主编的《中国文学史》(复旦大学出版社,1996年版)欲挖掘文学史中的人道主义精神,但这一宗旨在阐述唐诗时却没有得到充分的体现。书中注意吸收了新的学术成果,叙述文笔精致通畅。1999年由高等教育出版社推出的袁行霈主编的《中国文学史》创新意识更为明显。该文学史第二卷由袁行霈与罗宗强任主编,在唐诗史叙述上很好地体现了二人学术思想。即袁行霈有关语言、意象、意境、风格的分析模式和罗宗强对诗人心态、审美追求的关注。因此在描述中可以清晰地看到对诗人创作意象、意境、风格以及诗人心态、审美追求的描述。从书中"张若虚与唐诗兴象","王维与创造静逸明秀之美的诗人","士人心态的转变与大历诗歌冷落寂寞的情调","大历诗歌的意象类型","唐代中期重写实、尚通俗的诗歌思潮与诗歌创作"等标题中就可以清楚地看到这些特点。该书特别注意到了对学术界成果的吸纳,并且一一注明。尤其是晚唐诗歌描述设立了"苦吟诗人"一节,为李商隐专立一章,使之与李白、杜甫并列,大胆突破了以往诗歌史描述格局。

第六节 唐诗研究领域的新开拓

20世纪后二十年,改革开放步伐日益加快,唐诗研究呈现出欣欣向荣的局面,许多新的学术领域被开拓出来,这是唐诗研究取得的新进展。

诗歌题材研究的拓展。这一时期出现了一批对诗歌题材进行分类研究的成果。如西北师范学院中文系和学报编辑部编《唐代边塞诗研究论文选粹》(甘肃教育出版社,1988年版),收录了80年代初期有关边塞诗评价问题争论的论文。张明非《论中唐艳情诗的勃兴》(《辽宁大学学报》1990年第1期)对前人一概否定的艳情题材进行研究。杨恩成《论唐代咏史诗》(《陕西师范大学学报》1990年第1期)专门考察唐代咏史诗。尚永亮《元和五大诗人贬谪文学考论》(文津出版社,1993年版)从各个角度审视贬谪现象,对因贬谪而产生的文学创作所表现出来的悲剧精神和艺术特点进行分析和归纳,使"贬谪文学"这一概念得到了许多学人的认可。台湾学者李丰楙《忧与游——六朝隋唐游仙诗论集》(台湾学生书局,1996年版)、颜进雄《唐代游仙诗研究》(文津出版社,1996年版)对唐代游仙诗做了深入研究。李著重在考察游仙诗的发展历史,唐代部分除了论述曹唐诗以外,对入道公主、女冠、歌妓等社会角色与游仙诗关系也作出了深入分析。颜著除了重点论述李白以外,对吴筠、曹唐这两个以往诗歌史上着墨不多的诗人做了长篇分析。台湾学者欧纯纯的《唐代琴诗之风貌》(文津出版社,2000年版)从创作背景、美学意蕴、用典、意象等角度对唐代咏琴诗进行分析,也很新鲜别致。

对唐诗艺术本身的关注。高超艺术是唐诗魅力所在,但是由于长期受到诗歌批评政治化的影响,许多学人忘记了对唐诗艺术的探讨。这一时期有学人注意这一问题,开始致力于唐诗艺术经验的分析和总结。袁行霈《中国诗歌艺术研究》(北京大学出版社,1987年版)试图对中国诗歌艺术进行现代解读,使之既符合现代学术规范又不失传统诗学特点,确立了"语言—意象—意境—风格"的分析模式,很有启发意义。师长泰《唐诗艺术技巧》(山西人民出版社,1991年版)则是专注于唐诗艺术技巧的分析。"本书主要论述唐诗的艺术技巧,分为上、下两编。上编《唐代诗歌艺术表现手法》,凡27个专题,一题一议,围绕抒情方式、表现角度、描写手法等方面,通过大量作品实例,论述了唐人诗歌的艺术表现技巧;下编《唐人诗歌审美思考》,有七篇论文,侧重运用文艺美学、心理学知识,论述了唐人诗歌创作中的审美移情现象,'无理而妙'与梦幻境界的描写艺术,唐人绝句的含蓄美,以及几位诗人的艺术特征。"[①]

文体研究逐渐增多。文体是诗歌研究的首要问题,古人论诗,首先辨体。但是在极左年代,诗歌被认定为一种意识形态,许多人完全抛开艺术本身来谈诗歌,很少有人关注文体问题。改革开放以后,文体研究又受到了重视。如马承五《试论杜甫七律组诗的连章法》(《草堂》1985年第2期)、孙琴安《唐代七律诗的几个主要派别》(《学术月刊》1988年第2期)、王锡九《论初唐七言古诗》(《扬州师院学报》1988年第3期)等,或着眼诗人,或着眼流派,或着眼时代,但都是从文体角度所作的分析。王德宇《论唐代的抒情歌词——七言绝句》(《文学评论》1981年第2期)论述唐代七绝因作为歌词而形成"多风调"的特色,虽然挖掘不够深入,但开启了从歌唱认识七绝的视角。陈贻焮《盛唐七绝刍议》(《中国韵文学刊》创刊号,1987年)是作者老境之作,考察了盛唐七绝由来以及成为最能代表盛唐之音形式的原因,是对林庚先生同一问题研究的深化。周啸天《唐

[①] 傅璇琮、罗联添主编:《唐代文学研究论著集成》第5卷,三秦出版社,2004年版,第19页。

绝句史》(重庆出版社,1987年版),专门为绝句作史。赵谦《初唐七律音韵风格再考察》(《文学遗产》1990年第3期)全面地论述了七律发展历程,尤其是从音乐角度探索七律在初唐形成的原因,给人以清新印象。其著作《唐七律艺术史》(文津出版社,1992年版)是唐诗分体研究的专著。唐诗中七律共有9000余首,占全唐诗总数近五分之一,这种专史描述,无疑有着重要意义。而王锡九《唐代的七言古诗》(江苏教育出版社,1991年版)则专注于古诗研究。

乐府歌诗日益受到关注。任半塘的《唐声诗》(上海古籍出版社,1982年版)是一部很独特的著作,是其研究唐代"音乐文艺"整体规划中一部重要成果。书中提出了"声诗"这一概念,上编为理论建构,下编考察了154个声诗曲调。每个曲调都下设"提要""考订"两部分。"提要部分有'创始''名解''调略''律要'四项,乃每调所必备;有'别名''音调''体别'三项,视资料或个别情况增加。'音调'即宫调;'调略'专指字、句、韵之数目;'律要'专指平仄、定格等;'体别'专指初体、常体、别体之别。""考订部分有'辞''乐''歌''舞''杂考'五项。"[①]涵盖了乐府诗文献研究、音乐形态考察以及文学体裁等方面,尤其这些具体考察项目,与乐府诗中题名、本事、曲调、体式等要素相对应。该书最大价值是使人们看到唐诗实际存在状态,今人所见之文本形态的唐诗,有相当一部分是音乐作品。从乐府学角度来看,任先生考察的154个曲调,涉及唐代之近代曲辞、清商曲辞、杂曲歌辞等类别。尤其是将近代曲辞音乐形态研究向前推进一大步,远远超出了同时代人对近代曲辞研究的水平。而对这些曲调之题名、本事、曲调、体式的细致考察,也大大推进了对这些乐府曲调

---

① 任半塘:《唐声诗·下编·凡例》,上海古籍出版社,1982年版,第2页。

认识的深度。尽管这些考察还存在很多疏漏，但书中征引材料异常丰富，为继续研究这些曲调打下了很好基础。王昆吾《隋唐五代燕乐杂言歌辞研究》（中华书局，1996年版）从隋唐五代燕乐、曲子、大曲、著辞、琴歌、谣歌、讲唱等角度入手，论述燕乐杂言歌辞。而具体论述时已经超出了燕乐范围。该书在具体论述中涉及一系列乐府诗和乐府问题。尤其是论唐代大曲121曲，则是对唐代大曲所作一次普查，为后人继续研究唐代大曲提供了很好的参考。但是这些歌诗研究成果很少关注唐诗研究中热点问题，其他研究唐诗者往往不太关注这些成果。2000年吴相洲《唐代歌诗与诗歌》（北京大学出版社）出版，将歌诗传唱与唐诗创作联系起来，从歌诗角度对唐诗研究一系列问题作出了新的解释。

关于乐府诗，葛晓音《初盛唐音乐从属关系质疑》《盛唐清乐的衰落和古乐府诗的兴盛》《论李白乐府的复与变》《新乐府的缘起和界定》《论杜甫的新题乐府》（均见《诗国高潮与盛唐文化》，北京大学出版社，1998年版）代表着这一时期唐代乐府诗研究的最高成就。文章从乐府诗体制入手，解决诗歌史上一些重要问题。可惜这样研究成果在这一时期并不多见。

同一时期台湾学者出现几部研究唐代乐府诗的著作，选题集中在中唐。如陈香《白居易的新乐府》（"国家出版社"，1982年版）、张静华《白居易新乐府研究》（蓬莱出版社，1982年版）、范淑芬《元稹及其乐府诗研究》（文津出版社，1984年版）、张修蓉《中唐乐府诗研究》（文津出版社，1985年版）等。廖美云《元白新乐府研究》（台湾学生书局，1989年版）从文学角度论述元白新乐府，观念虽不新颖，但结构合理，持论适中，较前人同类论述细致深入。黄浴沂《唐代新乐府诗人及其代表作品》（学海出版社，1988年版），简述唐代一系列新乐府诗人及其作品,是一部准学术著作。谭润生《唐代乐府诗》（黎明文化事业公司,2000年版）类似一部唐代乐府诗史。主要内容为串讲唐代各个时期乐府诗作,诗史寻绎力度不够,知识框架陈旧,甚至存在错误。尤其将一些非乐府诗当作新乐府,是该书中一大失误。李建昆《试论孟郊之乐府诗》（《六朝隋唐文学研讨会论文集》,1994年4月）,专论孟郊乐府。蔡正发《白居易"新乐府"与"策林"比较研究》（《古今艺文》22卷1期,1995年11月）分析白居易新乐府创作与其他创作关系,也很有价值。这一时期论元白新乐府的还有吕正惠《元和新乐府运动及其政治意义》（《中外文学》第14卷第1期,1985年6月）、黄浴沂《唐代新乐府运动产生之背景》（《中国语文》76卷4期,1994年6月）等文章。论及中唐其他乐府诗人的有朱我芯《刘禹锡乐府风貌》（《侨光学报》第10期,1992年10月）、谭润生《张祜乐府诗试探》（《国文学志》第2期,1998年6月）、巫淑宁《张籍乐府诗中社会写实内容之探讨》（《兴大中文研究生论文集》创刊号,1996年1月）等文章。沈冬《〈杨柳枝〉词调析论》（《台大中文学报》第11期,1999年5月）辨析诗与词分际问题,都很有学术含量。

论盛、晚唐乐府诗人的文章并不多见,但也有一些。如翁成龙《李白乐府诗的技巧》（《台中商专学报》第29期,1997年6月）论述李白乐府诗比兴技巧。李白志在删述,作乐府诗多用比兴,值得深入分析。蔡鸿江《皮日休乐府论析探》（《问学》第2期,1998年7月）论晚唐皮日休乐府理论,涉及唐代乐府诗学问题。

唐诗学得以初步建立。唐诗学在这一时期集中出版了一系列成果,唐诗学概念上得以进一步确立。在这方面,陈伯海、朱易安师生功劳最为卓著。陈伯海《唐诗学引论》（知识出版社,1988年版）《唐诗学史之一瞥》（《唐代文学研究》第1辑,山西人民出版社,1988

第三章　20世纪后二十年唐诗研究大发展

年)、陈伯海与朱易安编《唐诗书录》(齐鲁书社,1988年版)、陈伯海主编《唐诗论评类编》(山东教育出版社,1993年版)、《唐诗汇评》(浙江教育出版社,1995年版)、朱易安《唐诗学史论稿》(广西师范大学出版社,2000年版)等,都是奠定现代唐诗学的重要著作。许总《杜诗学发微》(南京出版社,1989年版)、郭扬《唐诗学引论》(广西人民出版社,1989年版)、黄炳辉《唐诗学史述论》(鹭江出版社,1996年版)也是这一时期出现的唐诗学专著。

域外汉学开始受到重视。萧瑞峰《白居易与日本平安朝汉诗》(《传统文化与现代化》1998年第4期),着重分析白居易对日本汉诗创作的影响。邝健行《韩国诗话中论李白的诗新义举隅评析》论述韩国诗话的价值,指出:"韩国诗话中论本国与中国诗歌的篇幅,约略五与三之比。谈中国诗部分涉及李白的文字不少。尽管援引中国方面的观点较多,但其中也有一部分是韩国学者的读书心得,见解新异,往往有为中华学者所未注意的,这便很有意义。"[1]这些都是以往研究很少见到的。

第七节　新方法的广泛运用

20世纪后二十年唐诗研究最大变化,是走出了批评标准单一化的梦魇,实现了批评标准和方法的多元化。广大学人尝试着从政治、经济、文化、风俗、地理、地域等多重背景当中来揭示诗歌现象;使用心理学、美学、哲学、计量学等学科的知识和方法来研究诗人的生活和创作,给唐诗研究带来新气象。张明非在总结90年代唐代文学研

---

[1]　邝健行:《诗赋与律调》,中华书局,1994年版,第124页。

究时曾说:"经过了80年代研究方法和观念的大讨论,90年代的唐代文学研究已经完全摒弃了50年代以来通行的从时代背景、思想内容、艺术成就三方面入手的机械单一的研究模式,更加注意文学与相关学科的联系,将研究视野延伸到社会学、文化学、哲学、人类学、民俗学、民族学、神话学、宗教学、心理学、语言学等领域,使古典文学研究向着宏观、整体的方向发展。其中,特别是文化学研究视角的确立,使唐代文学的整体人文背景渐渐得到清晰而深刻的揭示,给本学科带来了新的气象。例如唐代社会制度与文学的关系,儒、道、佛三家思想与文学观和创作的关系,文人群体、政治集团等社会关系及隐逸、交游、干谒等生活方式对文人思想和心态的影响,音乐、舞蹈、绘画、书法、园林等艺术以及世俗文化与唐代文学的关系等课题,相继成为研究的热点,并不断得到开拓与深化。研究视野的拓宽,不仅大大加深了对文学特征的认识与把握,同时为学科开拓了许多边缘性的研究课题。"[1]可见这一时期学人们自觉地追寻诗歌赖以产生的背景,尝试从多角度来考察唐诗活动。这一时期许多著作名称都带上"文化"字样,1996年漓江出版社还推出了唐诗与中国文化丛书。类似著作如刘尊明《唐五代词的文化观照》(文津出版社,1994年版)、杜晓勤《初盛唐诗歌的文化阐释》(东方出版社,1997年版)、葛晓音《诗国高潮与盛唐文化》(北京大学出版社,1998年版)、傅绍良《盛唐文化精神与诗人人格》(文津出版社,1999年版)、查屏球《唐学与唐诗——中晚唐诗风的一种文化考察》(商务印书馆,2000年版)等等。文化一词含义宽泛,文化考察实际上就是多角度审视。如葛景

---

[1] 张明非:《九十年代唐代文学研究实绩及特点》,傅璇琮、罗联添主编:《唐代文学研究论著集成》第5卷,三秦出版社,2004年版,第3页。

春《李白与唐代文化》(中州古籍出版社,1994年版)"采用散点透视的方法,全面地探讨了李白与唐代哲学、历史、宗教、习俗、风尚、旅游、饮食、音乐、舞蹈、绘画、书法等方面的关系"[①]。下面就对这些视角作一个简单归纳。

艺术。诗歌的音乐特性和描写手段,使之与音乐、绘画有着天然关联。从音乐、绘画角度解释唐诗古已有之,但20世纪后二十年学人在这方面的工作更加自觉。如朱易安《唐诗与音乐》(漓江出版社,1996年版)共分七章:《唐诗内在的音乐系统》《唐代的乐府和声诗》《唐代诗化的音乐》《唐代的舞乐与诗歌》《唐代的歌唱家与诗人》《唐代的标题诗》《唐代的音乐诗与文人生活》,试图解释诗歌与音乐的多种关联。张明非《唐诗与舞蹈》(漓江出版社,1996年版),描述了唐代舞蹈的特点、诗人生活与舞蹈的关系,以及诗歌当中对舞蹈的表现等等。而陶文鹏《唐诗与绘画》(漓江出版社,1996年版)一书则深入挖掘了唐代绘画与诗歌艺术的关系。

宗教。这一时期从宗教角度来研究唐诗的论著难以计数,其中最出色当属陈允吉、孙昌武所作的工作。如陈允吉《论唐代寺庙壁画对韩愈诗歌的影响》一文对佛教壁画影响韩诗特点的分析就新鲜而有说服力:"根据朱景玄《唐朝名画录》、段成式《酉阳杂俎》续集《寺塔记》以及张彦远《历代名画记》的载述,唐代画壁之风趋于极盛,自两京至于外州的佛刹道观,几乎都有通壁大幅的图画供人瞻观。……而韩愈,这位号称攮斥佛教不遗余力的人物,恰恰又是这些壁画的爱好者,他的一生中同佛画艺术发生过最为密切的关

[①] 傅璇琮、罗联添主编:《唐代文学研究论著集成》第5卷,三秦出版社,2004年版,第303页。

系。……他以一个诗人对壁画观赏之富,从进一步的意义上说,乃是一种深入渗透到他诗歌创作中间的内在的联系,也是一种体现着画与诗两种不同艺术之间的相通相生的关系。这种画与诗的感通,是文化艺术史上很有意思的现象,也在形成韩诗艺术特点过程中起过重要的作用。"[1]类似的还有《从〈欢喜国王缘〉变文看〈长恨歌〉故事的构成》(《复旦学报》1985年第3期)等文章。这些文章后来收入其《唐音佛教辨思录》(上海古籍出版社,1989年版)当中。孙昌武《唐代文学与佛教》(陕西人民出版社,1985年版)中《王维的佛教信仰与诗歌创作》《白居易的佛教信仰与生活态度》《唐五代的诗僧》三篇文章,都是研究佛教与诗歌创作关系的力作。其《禅思与诗情》(中华书局,1997年版)在对禅、诗关系进行理论思辨的同时,进一步分析了禅学对王维、杜甫、白居易、寒山等人创作的影响,并对唐五代诗僧做了专章论述。而第五章《文人的好禅与习禅》,还分析了中晚唐一系列著名诗人好禅与诗歌创作的关系,涉及中唐前期韦应物、大历十才子,后期韩孟、元白两大诗派和柳宗元、刘禹锡,晚唐罗隐、周朴等许多诗人。孙昌武此外还著有《中国文学中的维摩与观音》(高等教育出版社,1996年版)。类似著作还有卢燕平的《唐代诗禅关系探赜》(甘肃文化出版社,1999年版)、台湾学者姚仪敏的《盛唐诗与禅》(佛光出版社,1991年版)、萧丽华的《唐代诗学与禅学》(东大图书公司,1997年版)等。沈玉成与印继梁《中国历代僧诗全集·晋、唐、五代卷》(当代中国出版社,1997年版)也于这一时期出版。研究道教与唐诗关系的论著有葛兆光《想象力的世界——道教与唐代文

---

[1] 陈允吉:《论唐代寺庙壁画对韩愈诗歌的影响》,《复旦学报》1983年第1期。

学》(北京现代出版社,1990年版)、《道教与唐诗》(《文学遗产》1985年第4期)、《道教与唐代诗歌语言》(《清华大学学报》1995年第4期)、钟来因《唐代道教与李商隐的爱情诗》(《文学遗产》1985年第3期)、刘尊明《唐五代词与道教文化》(《社会科学战线》1997年第3期)、黄世中《唐诗与道教》(漓江出版社,1996年版)等。

地域。李济祖、王德全、刘秉臣《杜甫陇右诗注析》(甘肃人民出版社,1985年版)、李志慧《杜甫与长安》(陕西人民出版社,1986年版)、朱宗尧主编《李白在安陆》(华中师范大学出版社,1986年版)都是较早从地域角度来考察唐诗的成果。李浩《唐代关中士族与文学》(文津出版社,1999年版)则是从"关陇文化"考察唐代文学。陈尚君《唐诗人占籍考》(《唐代文学丛考》,中国社会科学出版社,1997年版)一文,对唐代诗人地域分布和前后变化做了统计分析,对于从地域角度来研究唐代诗歌有着重要参考价值。

民俗。程蔷与董乃斌《唐帝国的精神文明——民俗与文学》(中国社会科学出版社,1996年版)首次大规模地尝试从民俗角度来解释唐代诗歌活动。罗时进《孤寂与熙悦——唐代寒食题材诗歌二重意趣阐释》(《文学遗产》1996年第2期)则具体考察唐代寒食节对诗歌主题的影响。

民族。葛晓音《论唐前期文明华化的主导倾向——从各族文化的交流对初盛唐诗的影响谈起》(《中国社会科学》1997年第3期)从民族文化交流的角度考察诗歌创作。苏其康《唐诗中的依兰裔胡姬》(《中外文学》18卷1期,1989年6月)则是考察唐代少数民族活动在唐诗中的留存。

美学。美学是这一时期学人们使用最多的方法,成果颇多。如王明居《唐诗风格美新探》(中国文联出版公司,1987年版)、杨海明

《唐宋词美学》（江苏教育出版社，1998年版）、张福庆《唐诗美学探索》（华文出版社，1999年版）、吴功正《唐代美学史》（陕西师范大学出版社，1999年版）、李浩《唐诗的美学阐释》（安徽大学出版社，2000年版）、陈允锋《唐诗美学意味——初盛唐诗学思想研究》（新华出版社，2000年版）等等。论文如陈友冰《传统的背叛和诗美的创新——浅论中晚唐险怪诗风的流变及其美学价值》（《安徽广播电视大学学报》1988年创刊号）等。

心理。心理学也是这一时期人们常用的批评方法。张国风《李贺诗歌的颓废主义倾向——个性和心理对艺术风格的影响》（《文学遗产增刊》第16辑，1983年1月）则是较早从心理学的角度研究唐诗的文章。苏者聪《论唐代女诗人审美心理特征》（《中国文学研究》1987年第2期）、蒋凡《李商隐诗歌的艺术贡献与心理分析》（《文学评论》1988年第2期），都是通过分析诗人心理活动揭示诗人创作特点。卢燕平《唐代诗人审美心理》（敦煌文艺出版社，1991年版）则是从心理学角度研究唐诗的专著。

接受。接受美学是西方的理论，这一时期的学人自觉或不自觉使用了这一理论，出现了一批考察唐诗为后代接受过程的文章。如程千帆《张若虚〈春江花月夜〉的被理解和被误解》（《文学评论》1982年第4期）全面考察了《春江花月夜》这首诗自创作以来人们对这首诗的接受过程，指出包括闻一多在内的许多人对这首诗的理解和误解。程千帆虽然没有使用西方的关于接受美学的理论，但他详细考察历代人们对这一名作的理解与误解，令人耳目一新，对后人研究唐代诗人和唐诗经典接受史有先导作用。周勋初《从"唐人七律第一"之争看文学观念的演变》（《文学评论》1985年第5期）一文也是以小见大，从宋代严羽把崔颢《黄鹤楼》当作古今七律第一谈起，梳理了明清两代人对这一提法的修正，从中可以看出明清人与宋代严羽所持诗歌观念的不同。吴调公《李商隐对北宋诗坛的影响》(《晋阳学刊》1981年第2期)，是专门谈李商隐影响的文章。虽然没有使用"接受"这一概念，但也开启了研究的新思路。齐治平《唐宋诗之争概述》(岳麓书社，1984年版)，就一个问题写成一本专著，把南宋以来人们有关唐宋诗的论争梳理出清晰的线索，从中可以看到不同时期人们诗歌观念的演变。陈文忠《〈长恨歌〉接受史研究——兼论古代叙事诗的形成发展》(《文学遗产》1998年第4期)，从《长恨歌》的接受情况入手考察古代叙事诗的形成与发展。这一时期台湾学者也做了类似的工作。如杨文雄《李白诗歌接受史》(五南图书公司，2000年版)、罗联添《白居易诗评论的分析》(原载《第二届国际汉学会议论文集》，收入其《唐代文学论集》，台湾学生书局，1989年版)等。

比较。比较文学方法也被用到了唐诗研究当中。如葛景春《东方诗仙与西方诗魔——李白与拜伦比较研究》(《中州学刊》1991年第6期)、苏其康《宇宙视域的探寻：李白、梵乐希、里尔克》(《中外文学》第33卷第9期，1995年2月)将李白与西方诗人进行比较。房日晰《唐诗比较论》(三秦出版社，1998年版)则是使用比较方法的专著。

这一时期学人们还尝试使用许多方法。如刘尊明《唐五代词的文化观照》中对统计分析方法的运用，贾晋华《隋唐五代类书与诗歌》(《厦门大学学报》1991年第3期)，在闻一多《类书与诗》基础上重新探讨类书与诗歌创作关系，葛晓音《创作范式的提倡和初盛唐诗歌的普及——从〈李峤百咏〉谈起》(《文学遗产》1995年第6期)对西方物理学家库恩历史主义范式理论的运用，等等。台湾学者叶美奴《唐代的文学传播活动研究》(淡江大学中文所硕士论文,1991年)运用传播学来研究文学,叶嘉莹《论词学中之困惑与花间词之女性叙写及其影响(上下)》(《中外文学》20卷8、9期,1992年1、2月)采用了性别批评的理论。

在20世纪上半叶,学人们非常重视唐诗产生背景的分析,研究方法本来是多元的,只是经过50年代到70年代特殊学术环境的改造,研究方法才走向单一。改革开放后,学人们急于打破这种局面,于是形成了所谓"新方法热"。然而凡是属于"热"的东西,质量都难免参差不齐。新方法热固然给唐诗研究带来新气象,但是也滋生出新的弊端。这些弊端大致有三:

第一,过于宏观。这一时期盛行宏观研究,许多文章都试图寻找大规律,发现大现象。如钟元凯《唐诗的任侠精神》(《北京大学学报》1984年第1期)论述唐诗中所表现出来的任侠精神,陈伯海《宏观世界话玉溪——试论李商隐在中国诗歌史上的地位》认为"李商隐及其所代表的晚唐诗,实质上是古典抒情诗发展到高潮后的一阵余波,是文学创作的主流由抒情写景开始向叙事说理转折过渡中的一卷水涡"[①]。刘学锴《李商隐与宋玉——兼论中国文学史上的感伤主义传统》(《文学遗产》1987年第1期)则是从整个中国文学史上的感伤主义当中来给李商隐定位。其他如王玮《贞长风概》(《文学遗产》1987年第3期)、陈顺智《试论大历诗歌的社会心理特征——兼论盛中之变》(《中州学刊》1987年第4期)、吴功正《唐代诗人审美心理研究》(《文学遗产》1987年第6期)、尹占华《唐代文人社会

[①] 霍松林主编:《全国唐诗讨论会论文集》,陕西人民出版社,1984年版,第442页。

地位的变迁与文学的发展》(《青海社会科学》1990年第1期)、李晖《论唐诗意境的新开拓》(《文学遗产》1992年第3期)、王钟陵《唐诗中的时空观》(《文学评论》1992年第4期)、郁沅《绝句的发展流变与艺术特色》(《江汉论坛》1992年第10期)等等。这些问题一本书都难以说清,几千字说下来,空疏可想而知。台湾这一时期情况也是如此,如李瑞腾《唐诗中的山水》(《古典文学》第3期,1981年12月)、李丰楙《多彩多姿的中晚唐诗风》(《中国文化新论》,联经出版事业公司,1982年版)等。

第二,脱离本体。诗歌背景的研究,本来是为了更好地解释诗歌特点,但这些论著中往往只是把目光放在背景描述上,常常忽视或忘记了这些背景与诗歌活动之间的关系,因此研究变成了背景研究,而非诗歌研究。

第三,用语隔膜。伴随着新方法的使用,出现了许多新概念,许多学人不注意新概念与旧概念的转换衔接,造成了食洋不化、生吞活剥之弊。例如一篇谈唐代诗歌表现时空观念文章中的语句:"时间流逝节拍的非等速性猜测","大与小之相即相入、圆融回转",让人不知所云。

这一时期唐诗研究也开创了一些好的传统,尤可称道者是注意到了小背景研究。前述所说众多视角,大都是着眼于诗歌产生的大背景,而大背景与诗歌活动之间还要经过许多环节,因此这种大背景的描述对于诗歌特点的阐释往往不够贴切。而小背景的研究则把考察重点放在诗人的具体生活上,这样对其创作特点的解释可能更加方便有效。程千帆《唐代进士行卷与文学》(上海古籍出版社,1980年版)、傅璇琮《唐代科举与文学》(陕西人民出版社,1986年版)就开始关注了诗人具体生活内容。陈飞《唐诗与科举》(漓江出版社,

1996年版)则是这一课题的延伸。傅璇琮在《唐代科举与文学》序中还进一步倡导对诗人生活的研究:"如果可能,还可以从事这样两个专题的研究,一是唐代士人是怎样在地方节镇内做幕府的,二是唐代的翰林院和翰林学士。这两项专题的内容,其重点也是知识分子的生活。"[1]明确地提出了研究诗人具体生活的重要性。此后余恕诚《战士之歌和军幕文士之歌——从两种不同类型之作看盛唐边塞诗》(《文学遗产》1985年第1期)、傅璇琮《唐玄肃两朝翰林学士考论》(《文学遗产》2000年第4期)等文章,戴伟华《唐代幕府与文学》(现代出版社,1990年版)、《唐代使府与文学研究》(广西师范大学出版社,1998年版)、《唐方镇文职僚佐考》(天津古籍出版社,1994年版)等,都是这种小背景研究成果。

90年代以后,有关诗人交往、生活状况、社会角色等论著日渐增多。如李浩《唐代园林别业考论》(西北大学出版社,1996年版),详细考察了唐代园林别业以及与之相关的诗人生活、创作情况。林继中《唐诗与庄园文化》(漓江出版社,1996年版)"从文人心态、诗歌创作和美学意蕴三个层面展开对唐诗与庄园文化各种关联的探讨"[2]。孙菊园《唐代文人和妓女的交往及其与诗歌的关系》(《文学遗产》1989年第3期),从诗人与艺人交往角度考察诗歌创作。台湾学者侯乃慧《诗情与幽境——唐代文人的园林生活》(东大图书公司,1991年版)也是属于此类著作。

这一时期另一个值得称道的是有学人使用田野调查方法研究唐

---

[1] 傅璇琮:《唐代科举与文学》,陕西人民出版社,1986年版,序言第6页。
[2] 傅璇琮、罗联添主编:《唐代文学研究论著集成》第5卷,三秦出版社,2004年版,第106页。

诗。由萧涤非与廖仲安领导的《杜甫全集》校注组，1979年和1980年前后两次赴山东、河南、陕西、甘肃、四川、湖南追踪凭吊杜甫行踪遗迹，对杜诗理解多有裨益，写成了《访古学诗万里行》（人民文学出版社，1982年版）一书。参加者有郑庆笃、焦裕银、张忠纲、王学泰、冯建国等人。这对后来整理出版《杜甫全集校注》（人民文学出版社，2014年版）打下了很好的基础。陈友冰《中国古典诗文研究（三种）》（台北万卷楼书局，2000年版）中的"现地考论"对李白、王维、刘禹锡等一系列诗歌当中所涉地名做了现场考察，纠正了以往学者对这些诗句、诗意的种种误解。胡大浚《唐诗中的"丝路"之旅》（《唐代文学研究》第6辑，广西师范大学出版社，1996年版）探讨西北史地与唐诗创作的关系。台湾学者简锦松《杜甫夔州诗现地研究》（台湾学生书局，1999年版），提出了"现地研究"这一重要概念，纠正了以往单纯文献研究的局限。田野调查方法已经广泛运用于人类学、考古学、历史学、口传诗学，但在唐诗研究中运用很不充分，学人们只是习惯于把目光放在诗歌活动发生时间的考察上，却很少花力气关注诗歌活动的空间。其实对于任何活动都离不开时间和空间两个维度。关于田野调查方法包含哪些工作内容，学人们也有自己的见解。如陈友冰在《新世纪初唐代文学研究中田野调查述论》一文就说："包括唐代文学在内的中国古典文学研究中的田野调查，比人类学、民俗学、考古学的内涵更为宽泛。一般说来，它不仅包括研究者通过对古代作家的故居、宦游地和作品发生地的遗踪、遗址探寻考察，有关墓葬、简牍、碑阙的发掘研读，家谱、文书、民间契约乃至流沙坠简的搜寻和发现，寺庙、道观尤其是地方'淫祠'的实际勘察，地方民俗和当地土著的包括神话在内的口承文学的采访记录这些自己参与的田野调查，也包括利用这些田野调查成果作进一步的研究和探讨。"①其实各家都可以按照自己所理解工作内涵去研究唐诗。总之,田野调查方法值得大力提倡,这一方法将成为21世纪唐诗研究新的学术生长点。

再一个值得称道的是学者们开始努力建构中国诗歌批评理论。袁行霈《论李杜诗歌的风格与意象》(《社会科学战线》1981年第4期),从意象构成、组合与表现等方面对李杜诗歌风格进行分析,这是其有关诗歌艺术风格分析理论的重要试验。在后来出版的《中国诗歌艺术研究》(北京大学出版社,1987年版)中这种以语言、意象、意境、风格等核心概念组成的批评框架得到充实和完善。陈植锷的《唐诗与意象》(《文学评论丛刊》第13辑,1982年)较为晚出,运用西方文学理论研究唐诗意象,在80年代初很有新意,此后出现了许多谈唐诗意境、意象的文章和著作,虽然不能说都受到了此文的影响,但起码说明这类研究在当时颇受学人关注。

除了新方法以外,利用出土文献研究唐诗也成为学人们热情关注的领域。20世纪学人在这方面已经做了很多工作,例如利用敦煌、吐鲁番文献研究唐诗,利用《王之涣墓志》研究王之涣生平等。进入21世纪以来,随着唐代出土文献集中发现,利用出土文献研究唐代文学(包括唐诗)成为唐代文学研究又一股热潮,并形成了新的研究思路和认知空间。胡可先与杨琼《新世纪唐代文学与出土文献研究综述》对新世纪利用出土文献研究唐代文学新特点有这样的总结:"新世纪以来,以石刻史料为主的出土文献的集中发现体现了三个明显特点:一是石刻史料从一种边缘性史料成为中古特别是唐代

---

① 吴相洲主编:《唐代文学研究年鉴2014》,广西师范大学出版社,2014年版,第281页。

研究最为丰富的信息来源之一,造成这场悄悄革命的是数以万计反映唐代各类人群生活景观的新出墓志;二是墓志本身也是古人用来表达其自我认知空间的特殊文体;三是墓志的研究打破了中古特别是唐代文史研究的界限(参荣新江、陆扬《石刻史料与中古文史:主持人语》,《北京大学学报》2013年第4期)。唐代文学研究学者利用出土文献对于很多重要的文学领域进行了前所未有的开拓,打开了唐代文学研究的新局面。"①这种新局面当中当然也包含了唐诗研究。

---

① 吴相洲主编:《唐代文学研究年鉴2014》,广西师范大学出版社,2014年版,第291页。